Kajsa Arnold

Liebesperlenspiel

Deutsche Erstveröffentlichung
Ausgabe August 2013
verlegt durch Oldigor Verlag, Rhede

1. Auflage
Covergestaltung: Oldigor Verlag
Foto:
Fotolia © Konradbak, © Olga Drodova, © Jörg Beuge
ISBN 978-3-943697-96-4

www.oldigor.de

Für Dich
Die Sahnehaube auf
meiner Tasse Schokolade

Liebe mich dann,
wenn ich es am wenigsten verdient habe,
denn dann brauche ich es am meisten.

1 Kapitel

Der Cupcake mit den Zuckerperlen auf der Sahnehaube schaut mich schon seit geraumer Zeit an und lächelt verführerisch. *Komm, nimm mich,* scheint er mir in einer Geheimsprache zuzurufen, die nur ich allein verstehe. Lila Sahnehaube garniert mit bunten Liebesperlen sieht man auch nicht jeden Tag und es gab nur einen Einzigen mit diesen bunten Perlen.

»Schnapp ihn dir«, flüstert Maggie, meine Arbeitskollegin. »Ich sehe doch, wie dir das Wasser im Mund zusammenläuft.« Sie zwinkert mit einem Auge. »Außerdem beruhigt das die Nerven.« Maggie kennt mich einfach zu gut und weiß um meine Schwächen, nicht nur für süße Kuchen.

»Weißt du, wie lange ich mich auf dem Laufband schinden muss, um den wieder von meinen Hüften zu bekommen?«, flüstere ich leise, damit ja niemand unser Gespräch mitbekommt, denn eigentlich sind wir im Foyer zusammengekommen, um die Präsentation eines neuen isotonischen Getränks für Sportler zu feiern, für das unsere

Firma die Werbekampagne entwickelt hat. Das machen wir natürlich nicht bei jedem Auftrag, doch da der Auftraggeber der größte Hersteller von Softdrinks der Welt ist und zusammen mit dem CEO unserer Firma extra aus den Staaten angereist ist, hat mein Vorgesetzter sich nicht lumpen lassen und eine pompöse Feier organisiert.

Ich arbeite bei Brakeman, Louis & Westen, eine Werbeagentur mit Sitz in Amerika. Nach meinem Studium der Medien- und Kommunikationswissenschaften, sowie einem zusätzlichen Grafikstudium, habe ich mich schnell zur Kreativdirektorin hochgearbeitet. Ich bin eine von vieren und die einzige Frau, was mir aber nicht viel ausmacht, ich weiß mich durchzusetzen. So habe ich auch an der Kampagne des isotonischen Durstlöschers maßgeblich mitgewirkt, doch heute, wo wir so hohen Besuch haben, hat der Big Boss die Präsentation selbst übernommen und ich bin froh, nur hinter den Kulissen die Fäden ziehen zu müssen. Alles läuft bestens und Maggie, Assistentin, Vertraute und noch etwas mehr als beste Freundin, lächelt mir aufmunternd zu. »Hey, das hast du toll hinbekommen, du kannst stolz auf dich sein. Den einen Muffin hast du dir verdient. Stell dir einfach vor, es wäre«, sie räuspert sich vielsagend, »ein süßer Typ, den du vernaschst, praktisch kalorienfrei.«

Ich drehe den Kopf in die Richtung des Buffets und er blickt mich verführerisch an denn je, zwinkert mir buchstäblich *hey Baby* zu. Okay, heute kann ich ihm nicht widerstehen. Tim, mein Chef, hält immer noch seine Rede und ich schiebe mich nach hinten, ziehe Maggie unauffällig hinter mir her.

»Mit gefangen, mit gehangen«, flüstere ich.

»Hast du eigentlich schon Brakeman, den Big Boss aus New York zu Gesicht bekommen?«, fragt Maggie neugierig und verrenkt sich den Kopf, um auf der Bühne etwas zu erkennen. »Dort steht er.« Sie zögert, blickt mich schnell an und sucht dann weiter den Raum ab. »Paul Westen soll auch mitgekommen sein.«

Ich will gerade antworten, da erklingt Applaus und die Gesellschaft kann zum gemütlichen Teil übergehen. Eine Band spielt auf und das Licht wird etwas gedimmt, fehlt nur noch die Discokugel, geht es mir durch den Kopf.

Ein Schwarm Menschen strömt in Richtung Buffet und ich habe Angst um meinen Freund, den Muffin. In dem Augenblick, als ich nach ihm greife, schiebt Maggie sich einen Champagnertrüffel in den Mund, stöhnt lustvoll auf und zieht meine Aufmerksamkeit auf sich. Ich greife ohne hinzusehen nach dem Gebäck und stoße anstelle des Muffins auf die Haut einer anderen Hand. Haarig, eindeutig männlich. Erschrocken ziehe ich meinen Arm zurück.

»Oh mein Gott«, stöhnt Maggie leise und ich weiß genau, dass sie nicht den Trüffel meint.

»Sorry, ich wollte Ihnen nicht zuvorkommen, aber der Cupcake hat mich so verführerisch angelächelt,« meint mein Gegenüber und hält mir seine Beute hin.

Du klingst noch genauso verführerisch wie früher, denke ich, reiße mich aber zusammen. »Oh, nein bitte, Sie waren zuerst da«, sage ich, und schaue ihn endlich an. Mein Lächeln stirbt einen schnellen Tod auf meinen Lippen, ich kann es einfach nicht verhindern, auch wenn ich genau wusste, dass dieser Augenblick kommen würde. Ich falle aus allen Wolken und starre sein Gesicht an, als hätte ich eine Erscheinung vor mir. Ich spüre Maggies Ellbogen an meinen Rippen.

»Nein, bitte nehmen Sie. Es gibt nur einen mit diesen Perlen auf der Sahne«, erklärt er.

»Das sind Liebesperlen«, ergänzt Maggie unnötigerweise.

Ein weiches Lächeln huscht ihm über die Lippen und ich werde rot. »Liebesperlen, interessant.« Er scheint mich nicht zu erkennen, gut so.

Maggie nickt eifrig. »Ja, genau, Liebesperlen. Es heißt, wenn man sie sich teilt, dann heiratet man später.«

Oh Gott! »Wo hast du das denn her?«, zische ich aufgebracht und schaue sie warnend an.

»So, na dann wollen wir ihn uns doch teilen.« Er nimmt lachend ein Tortenmesser vom Tisch, teilt den Muffin in der Hälfte und legt jede auf einen Teller.

»Bitte! Genießen Sie ihn.«

Ich komme mir wie Gretel vor, die von der bösen Hexe ein Stück Lebkuchen angeboten bekommt, um später im Backofen zu landen.

Aus dieser Nummer komme ich nun nicht mehr heraus und greife nach dem Teller, den er mir hinhält. Ich werfe

Maggie einen bösen Blick zu, doch sie ist so gefangen von der Person, die vor uns steht, dass sie mich nicht wahrnimmt.

»Gehören Sie zu der Delegation der Auftraggeber?«, fragt sie neugierig.

»Nein, ich bin das *Westen* in Brakeman, Louis und Westen, also sozusagen Ihr Chef.«

»Sozusagen«, murmelt Maggie und wird kreidebleich.

»Und Sie sind?«, fragt er freundlich und lässt sich nicht anmerken, dass wir uns hier gerade zum Affen machen.

»Maggie Schulte, meine Assistentin«, stelle ich sie vor.

»Und Ihr Name?«

Ich will ihn nicht sagen, unter keinen Umständen. *Er erkennt mich nicht, ist das denn zu glauben?*, denke ich. Mir ist schlecht und eine dieser doofen Liebesperlen scheint mir im Hals steckengeblieben zu sein, ich muss beinahe einen Würgreiz unterdrücken. Gleichzeitig weiß ich genau, dass etwas ganz anderes mir die Sprache verschlagen hat. Ich kann nicht glauben, dass er mir wirklich gegenübersteht. Paul Westen. *Der* Paul Westen, der mit mir vor zehn Jahren die Schulbank gedrückt hat und mit dem ich keine besonders angenehmen Erinnerungen verbinde.

»Das ist Hanna Peterson, die Kreativdirektorin dieser Kampagne.«

Oh Maggie, ich könnte ihr den Hals umdrehen.

Westens Mund bleibt einen Moment unbeweglich. Eine kleine Liebesperle hängt an seiner Lippe und es zuckt mir in den Fingern, sie wegzuwischen.

»Hanna Peterson?«, fragt er ungläubig und schaut mich kritisch an.

»Sie haben da eine Liebesperle an der Lippe«, versuche ich abzulenken.

»Wären Sie so freundlich?«, fragt er unverschämter Weise und hält mir seinen Mund hin.

Was denn? Ablecken?

Vorsichtig berühre ich mit einer Serviette seine Lippe und wische sie sauber. Bin ich seine Mutter?

»Die Hanna Peterson aus Wandsbek?«

Ich nicke ergeben. »Ja, Paul, Hanna aus Wandsbek«, und gebe damit zu, dass ich ihn längst erkannt habe.

»Schön, dass ihr das nun hinter euch habt«, murmelt Maggie und macht sich aus dem Staub.

»Hanna, ich kann es nicht fassen.« Paul steht sprachlos vor mir.

»Nein, Paul, ich auch nicht.« Ich habe ihn vom ersten Moment an erkannt, obwohl er kaum noch etwas mit dem Jungen gemein hat, mit dem ich zur Schule gegangen bin.

Maggie kommt mit einem neuen Glas in der Hand zurück. »Woher kennt ihr euch?«, fragt sie scheinheilig, als wäre sie auf eine sensationelle Neuigkeit aus.

Ohne den Blick von mir zu nehmen, erklärt Paul: »Hanna und ich haben zusammen Abitur gemacht, wir waren die letzten drei Jahre in den gleichen Leistungskursen.«

»Aha«, höre ich sie sagen, vermutlich hat sie mehr erwartet.

»Du bist so ... so ...«

»Sag es ruhig, ich bin nicht mehr so dick, wie vor zehn Jahren. Sprich es ruhig aus.« Ich versuche ein Lächeln, allerdings verrät mein Tonfall, dass mir das Wort *dick* doch etwas ausmacht.

»Ich habe seit damals fünfundzwanzig Kilo abgenommen.« Mein Blick trifft Maggie, ehe sie einen Kommentar abgeben kann, und bohrt sich wie ein brennender Pfeil in ihre Augen. Endlich setzt sie sich in Bewegung und lässt uns allein. Verlegen schaue ich ihr hinterher, bis Pauls Stimme mich wieder zu ihm reißt.

»Du siehst toll aus, Hanna. Dass ich dich hier treffe und du für mich arbeitest, kann ich gar nicht fassen.«

Glaube mir, ich auch nicht, stöhne ich innerlich. *Wie schnell kann ich kündigen?*

»Du bist also nach dem Studium in den Staaten geblieben?«, frage ich, um das Gespräch in Gang zu halten.

»Ich habe dort studiert, dann wurde ich der Schwiegersohn von Michael Brakeman und ein Teil der Firma.«

»Oh, ist deine Frau auch mit nach Hamburg gekommen?«, frage ich, als sich ein Arm um meine Hüften legt.

»Ah, Paul, ich sehe schon, Sie haben sich bereits mit meinem besten weiblichen Kreativdirektor bekannt gemacht?«

Tim Landers, mein Vorgesetzter hier in Deutschland, gesellt sich zu uns. Er ist ein väterlicher Typ von Mitte fünfzig und zieht mich in seine Arme. Diese Geste ist alles andere als eine Anmache. Ich war schon oft bei ihm zu Besuch und verstehe mich prächtig mit Uschi, seiner Frau.

»Wie gut, dass du nur einen weiblichen Kreativdirektor beschäftigst«, lache ich ein wenig fade.

»Ist etwas?«, fragt Tim besorgt.

»Nein, nichts, nur ein wenig müde.«

»Du hast dir wirklich dein Wochenende verdient. Wenn die Gäste verschwunden sind, werden wir uns auch verdrücken.« Er nickt mir aufmunternd zu. »Wir haben morgen früh allerdings noch eine Besprechung mit Mr Kinsley, dem CEO von Mixmex. Er möchte, dass du auch dabei bist, Hanna. Kannst du das einrichten?«

Ich bin irritiert, denn eigentlich nehmen an diesem Meeting nur die höchsten Führungskräfte teil. »Äh, natürlich, wenn er darauf besteht?«

»Er besteht darauf«, nickt Tim.

»Ich werde auch dort sein.« Paul lächelt mich an, als würde es sich um ein Klassentreffen handeln.

Tim grinst. »Natürlich, Sie betreuen ja das Projekt weltweit.« Und an mich gewandt sagt er: »Hanna, du musst jetzt mit mir tanzen. Paul, Sie entschuldigen uns.«

Schon hat er mich an der Hand zur Tanzfläche in der Mitte des Saals gezogen.

»Die Kampagne hat großen Eindruck auf Kinsley gemacht und Brakeman ist auch total begeistert. Es war eher Brakemans Idee, dass du morgen an dem Treffen teilnimmst. Ich bin sehr stolz auf dich, Hanna, das hast du toll gemacht.«

Wir drehen uns langsam zur Musik und obwohl mir noch etwas flau im Magen ist, bin ich happy über dieses Lob.

»Wenn morgen alles gut läuft, können wir auch Mixmex Deutschland als Kunden gewinnen, das wäre einfach fantastisch und du hättest einen großen Anteil an diesem Erfolg.«

Ich lächele still in mich hinein, ja, das wäre wirklich fantastisch.

»Entschuldigung, darf ich abklatschen, aber ich schulde Hanna seit zehn Jahren einen Tanz?« Die Stimme von Paul Westen unterbricht den schönen Moment. Tim bleibt abrupt stehen und schaut fragend zu Paul auf, der gut einen Kopf größer ist als mein Chef.

»Zehn Jahre?« Diese Zahl steht wie ein Fragezeichen in Tims Augen.

»Das ist eine lange Geschichte«, erklärt Paul kurz und nimmt einfach meine Hand in seine.

»Ihr kennt euch also?«

Ich nicke nur kurz.

»Ja«, lacht Paul, »und wir haben uns heute auch schon Liebesperlen geteilt.«

»Oh«, meint Tim, »da gibt es so eine Legende ...«

»Ja, ich weiß, Tim, aber Paul ist zum Glück schon verheiratet«, unterbreche ich ihn schnell, bevor es noch peinlicher wird. In Tims Augen steht eine Frage, von der ich hoffe, dass er sie nicht laut ausspricht. Ich gebe ihm mit einem Blick zu verstehen, dass dieses Thema für mich erledigt ist und er nickt unmerklich.

»Darf ich nun um den Tanz bitten?«, fragt Paul, dessen Gesicht mit einem Mal sehr verschlossen wirkt. Tim nickt ihm freundlich zu und lässt mich in Pauls Armen zurück.

Die Musik hat gewechselt und sie spielen einen Oldie von Paul Young – Everytime you go away! Oh Gott, ich fühle mich wie beim Abschlussball!

»Du weißt, dass das unser Lied ist? Ich habe es für diesen Tanz bestellt.« Sein Mund ist ganz nah an meinem Ohr und ein kleiner Schauer läuft mir über den Rücken.

»Unser Lied?«, frage ich verblüfft. »Ich wüsste nicht, dass wir ein gemeinsames Lied haben. Du meinst doch nicht etwa, dass dieses Lied gespielt wurde, als du mich zum Abschied geküsst hast und auf Nimmerwiedersehen verschwunden bist?«

Noch immer höre ich die Tür ins Schloss fallen, als er ging. Als wäre es gestern gewesen, höre ich ihn sagen: »Es tut mir leid Hanna, aber ich kann mir die Chance, in den Staaten zu studieren, einfach nicht entgehen lassen.«

Und noch immer tut es weh, wenn ich daran denke, dabei ist es eine Ewigkeit her. Ich war so verliebt in ihn, dass ich es heute gar nicht mehr glauben kann. Doch wenn ich ihn mir jetzt so ansehe, seine athletische Figur, verpackt in einen schwarzen Anzug mit dem dunkelgrauen Hemd und der silbergrauen Krawatte, muss ich mir eingestehen, dass diese Verliebtheit nichts von ihrem Zauber verloren hat. Er trägt seine schwarzen Haare kürzer als früher, aber wer nicht? Seine dunkelblauen Augen fixieren mich noch immer genau, wenn er mit mir spricht und auf seinen Wangen hat sich bereits ein Bartschatten gebildet. Er ist älter, aber noch genau so aufregend wie vor zehn Jahren.

Paul versteift sich merklich. »Ich weiß, dass ich dir damals wehgetan habe, doch immer wenn ich diesen Song höre, muss ich an dich denken, denn er lief im Hintergrund, als ich dich das letzte Mal im Arm hielt.«

»Ja, stimmt. Er lief übrigens mehrmals in der Nacht.«

Er zieht mich fester in seine Arme. »Bist du noch böse auf mich?«

Im ersten Moment weiß ich darauf keine Antwort. »Paul, wir waren noch Kinder. Ich habe zehn Jahre nicht an dich gedacht, wie soll ich da böse auf dich sein?«

»Autsch, ich glaube, das habe ich verdient. Ich habe jedenfalls an dich gedacht.«

Ja, bestimmt, vor allem wahrscheinlich, als du deine Frau geheiratet hast, denke ich, sage es allerdings nicht laut.

»Hast du Kinder?«, frage ich schnell, um das Thema zu wechseln und ihn an seine Frau zu erinnern.

Er schaut mich einen Moment zu lang an, dann schüttelt er den Kopf. Seine blauen Augen sind unergründlich, so dunkel, dass sie fast grau wirken, und wirklich wunderschön. Sie waren schuld, dass ich mich als Teenager in ihn verliebt habe. Dass ich nie an ihn gedacht habe, ist gelogen, aber das muss ich ihm ja nicht verraten. Er war die große Liebe meiner Teenagertage, doch irgendwann habe ich versucht ihn zu vergessen, habe erfolgreich 25 Kilo abgenommen, aber ihn aus meinem Kopf zu verbannen, damit war ich leider nicht so erfolgreich. Offen gestanden habe ich in den letzten zehn Jahren beinahe ständig an ihn gedacht. Und nun das hier. Plötzlich steht er vor mir und ist verheiratet. Ein Grund mehr, die Zeit mit ihm endgültig aus meinem Gedächtnis zu streichen. Ich glaube, ich brauche dringend etwas zu trinken. Nimmt denn dieses verdammte Lied kein Ende?

Irgendwann endet es doch und ich drehe mich schnell um, nur weg hier. Einige meiner Kollegen beobachten mich schon und fragen sich sicher, was ich wohl mit diesem gut aussehenden Typ treibe.

An der provisorischen Bar lasse ich mir ein Glas Champagner einschenken. Ich leere es in einem Zug und halte dem Kellner des Partyservices mein Glas direkt wieder unter die Nase. Er füllt es mit einem Grinsen auf den Lippen: »Sie haben wohl heute noch etwas vor, schöne Frau? Ich habe in einer Stunde Feierabend.«

Bevor ich auch nur über eine passende Antwort nachdenken kann, höre ich Pauls Stimme: »Sorry, Kumpel, hat sie, aber sicherlich nicht mit Ihnen.« Er nimmt eine der Champagnerflaschen, die auf Eis liegen, und drückt mir zwei Gläser in die Hand. »Komm mit.«

~

Wie schön sie geworden war! Paul kann es nicht so richtig fassen. Auch wenn zwischen ihrem letzten Treffen und heute zehn Jahre liegen, er hat Hanna auf den ersten Blick wiedererkannt. Klar, sie hat mächtig abgenommen, aber ein paar Pfunde weniger machten noch keinen neuen Menschen.

Sie ist wunderschön, war es immer, nur hatte er es ihr nie gesagt. Heimlich war er die ganze Schulzeit über in sie verliebt gewesen, brachte aber nie den Mut auf, es ihr zu sagen, geschweige denn es öffentlich zu zeigen, bis zu jenem Abend. Was war er damals nur für ein Idiot? Als sie jetzt leibhaftig vor ihm steht, wird es ihm mit einem Schlag klar. Er hätte sie nie verlassen dürfen, vielleicht wäre sein Leben ganz anders verlaufen, ja, mit Sicherheit wäre es das.

Sie stehen sich im Aufzug so nah gegenüber, dass er nur die Hand ausstrecken muss, um sie zu berühren. Wie damals, als er zu Hanna gefahren war, um sich zu verabschieden. Er wusste nicht mehr genau, wie es dazu gekommen war, dass sie in ihrem Zimmer landeten und sich eine ganze Nacht lang verabschiedeten. Erst gegen Morgen war er aus ihrem Bett geschlichen, aber sie war aufgewacht. Er hatte sie noch ein letztes Mal innig geküsst und war dann ohne ein weiteres Wort gegangen. Es schien, als könne sich Hanna nicht mehr daran erinnern, oder wollte sie es nicht? Hat er ihr vielleicht damals doch nicht so viel bedeutet, wie sie ihm?

Wie auch immer, jetzt hatte er die Möglichkeit, seinen Fehler zu korrigieren. Wie oft erhielt man im Leben eine zweite Chance? Wohl nicht so oft und diese würde er auf keinen Fall ungenutzt verstreichen lassen.

Sein Herz schlägt ihm bis zum Hals, als Hanna so nah neben ihm steht und er es gar nicht abwarten kann, bis endlich seine Zimmertür hinter ihnen ins Schloss fällt.

2 Kapitel

Wir betreten seine Suite mit Alsterblick. Das weiß ich daher so genau, denn ich habe die Hotelzimmer für die Delegation aus den USA gebucht, weil Tims Sekretärin krank ist.

Er zieht seine Jacke aus und krempelt die Ärmel seines grauen Hemdes auf. Irgendetwas an ihm ist anders. Er wirkt so dunkel und geheimnisvoll. Die Leichtigkeit von einst ist aus seinem Blick gewichen, und ich weiß nicht, was ich davon halten soll. Er öffnet die Flasche und der Champagner schießt in einer Fontäne heraus. Schnell halte ich die Gläser darunter, um den kostbaren Saft aufzufangen.

»Du hättest sie nicht schütteln dürfen«, sage ich lachend und reiche Paul eines der Gläser, an dem er kurz nippt. Ich hingegen leere meines wieder in einem Zug und er schenkt mir gleich nach. »Ich hoffe, du willst mich nicht betrunken machen.«

»Nein, dafür sorgst du schon ganz allein«, murmelt er,

doch ich schlage seine Bemerkung in den Wind und lasse mir nachschenken. Komisch, dass immer so wenig in die Gläser passt. Ich finde, man könnte sie ruhig etwas größer machen.

»Also, Paul, was wollen wir eigentlich hier?«, frage ich und sehe mich suchend um.

»Ich dachte, hier können wir uns ganz in Ruhe unterhalten.«

»Hm, ich wüsste nicht worüber.«

»Über alte Zeiten oder so.«

Ich winke ab und trinke einen Schluck, dann merke ich langsam, wie mir der Alkohol zu Kopf steigt und ich muss mich setzen. Die beigefarbene Couch scheint mir auf einmal sehr behaglich.

»Ich spreche über die Vergangenheit nicht gerne. Ich nehme mal an, deine Frau ist nicht mit nach Hamburg gereist?«, frage ich, um das Thema Vergangenheit zu umschiffen.

»Nein«, antwortet er knapp und setzt sich zu mir.

»Hast du einen Freund?«

»Nein, aber einen Ehemann«, lüge ich und jetzt wo ich etwas getrunken habe, klappt das ausgesprochen gut.

»So, wen hast du denn geheiratet?« Paul schaut mich an, als würde er mir nicht recht glauben.

Verzweifelt suche ich nach einem Namen. »Einen Mann«, sage ich schnell und nehme noch einen Schluck, um mir etwas Zeit zu verschaffen.

»Das will ich doch hoffen. Und hat dieser Mann auch einen Namen?«

»Robert.«

»Und du hast deinen Mädchennamen behalten?«

Irritiert schaue ich ihn an. Was meint er nur? Ich kann ihm nicht mehr ganz folgen. Was war noch mal seine Frage? Dafür werde ich mir aber dieser schönen blaugrauen Augen bewusst, die ganz nah an meinem Gesicht sind.

»Und wo ist Robert jetzt?«

Welcher Robert?

»In deiner Wohnung?«

Ich nicke.

»Ist Robert so arm, dass er dir noch nicht einmal einen Ehering schenken konnte?«

»Ja«, hauche ich und plötzlich ist sein Gesicht ganz dicht vor meinem und seine wundervollen Lippen küssen mich. Ich spüre seinen Mund auf meinem, ganz leicht liegt er dort, so als würde Paul noch antesten, ob es mir recht ist. Und wie recht es mir ist. Ich lege meine Arme um seinen Hals und ziehe ihn näher zu mir. Darauf habe ich eine halbe Ewigkeit gewartet. Seine Zunge findet einen Weg in meinen Mund und ich fühle seine Hand auf meinem Schenkel, doch dann wird mir irgendwie ganz schwindelig und es wird dunkel vor meinen Augen.

Als ich erwache, sticht etwas hinter meinem rechten Auge und ich glaube schon, ich habe mich ernstlich verletzt und mein Augenlicht ist in Gefahr. Erst als ich meinen Arm schützend über mein Gesicht lege, lässt der Schmerz allmählich nach.

Ich hatte so einen irren Traum: Ich war wieder dieses dicke Mädchen von vor zehn Jahren und Paul Westen ist nicht in die USA gegangen, sondern mit mir durchgebrannt! Lächerlicher Traum!

Etwas raschelt neben mir, doch ich will gar nicht wissen, was es ist. Als ich die seidene Bettwäsche auf meiner Haut fühle, merke ich, dass dies nicht mein Bett sein kann. Ich bin eben der Baumwolltyp. Erschrocken öffne ich die Augen und blinzele in den Raum. Definitiv nicht mein Schlafzimmer!

Als ich auch noch in das Gesicht eines fremden Mannes Blicke, schreie ich laut auf und versuche das Bett zu verlassen, doch der Kopfschmerz lässt mich wieder zurücksinken.

»Oh Gott!«, stöhne ich.

»Ich glaube, Gott kann dir jetzt auch nicht helfen.«

Verdammt, ich kenne diese Stimme und plötzlich sind meine Erinnerungen an gestern Nacht alle wieder da. Paul Westen! Dann war das wohl gar kein Traum und Paul hat mich wahrhaftig geküsst? Ich öffne vorsichtig ein Auge und da liegt er neben mir und schaut lächelnd auf mich herunter. Sein Oberkörper ist nackt, er trägt nur eine Pyjamahose. Dunkles Haar kräuselt sich auf seiner muskulösen Brust, er ist durchtrainiert, sportlich und sehr männlich.

»Schau nicht so misstrauisch, du trägst mein Oberteil, irgendetwas musste ich dir ja anziehen. Ich habe nur einen Pyjama eingepackt.«

Er hat mich ausgezogen, nein, bitte, lass das nicht passiert sein. Warum tut sich nicht die Erde auf und verschluckt mich? Ich hebe vorsichtig die Decke an und sehe, dass ich das passende Oberteil zu seiner Hose trage, aber meine Füße sind nackt. Ich kann nur hoffen, dass ich wenigstens meinen Slip noch trage.

»Paul«, rufe ich erschrocken, »wir haben doch nicht ... ich meine ... haben wir?«

Er lächelt vielsagend und ich frage erst gar nicht weiter.

»Ich hoffe Robert macht sich keine Sorgen, wo du die Nacht verbracht hast?«

»Welcher Robert?«, frage ich verwirrt nach.

»Du kennst also keinen Robert?«

Ich schüttele nachdenklich den Kopf. »Nein, nicht dass ich wüsste. Da war gestern Abend dieser Kellner, hieß der zufällig Robert?«

Lächelnd schüttelt Paul den Kopf. Sehe ich da Erleichterung in seinem Gesicht? »Nein, ich denke nicht. Du solltest duschen gehen, dann bekommst du einen klaren Kopf. Ich lasse dir aus der Boutique etwas zum Anziehen heraufbringen, wir müssen uns beeilen, das Meeting beginnt in einer Stunde und wir sollten nicht zu spät kommen. Ich denke, das würde keinen guten Eindruck machen.«

Das Meeting!

Geschwind stehe ich auf und schwanke etwas.

»Hier, nimm ein Aspirin, dann wird es dir gleich besser gehen.«

Das ist ja alles so peinlich. »Paul, ich trinke eigentlich gar keinen Alkohol, wie du siehst, vertrage ich den nicht besonders.«

Er nimmt mich in den Arm. »Das ist kein Problem, ich werde deinem Chef nichts davon erzählen.« Er grinst auf mich herunter.

Na klar, und vor allem der Frau meines Chefs nicht, denke ich und verziehe den Mund, um ein Lächeln anzudeuten.

»Diese Suite hat zwei Bäder, ich dusche in dem anderen, dann kannst du dich hier in Ruhe fertigmachen.«

Während ich unter dem heißen Strahl stehe, erwacht mein Körper langsam wieder zum Leben. Ich fühle mich eigentlich nicht, als hätte ich in der Nacht Sex gehabt, aber meine Hand würde ich dafür nicht ins Feuer legen. Dieser Filmriss ist mir absolut peinlich und ich werde Paul mit Sicherheit nicht mehr danach fragen. Schnell föhne ich meine langen dunkelroten Haare trocken und binde sie zu einem Pferdeschwanz zusammen. Auf dem Bett liegt ein dunkelblaues Kostüm, mit einer hellblauen Bluse und den passenden Schuhen. Alles in meiner Größe. Ich weiß nicht, wie Paul das geschafft hat, aber alles passt wie angegossen. Er wartet bereits im Wohnzimmer auf mich und ich sehe, dass er ebenfalls einen blauen Anzug trägt, mit hellblauem Hemd. Wir sehen aus wie ein verfluchtes Zwillingspärchen. Na klasse!

»Du siehst ... gut aus«, kommt es mir zögerlich über die Lippen.

»Danke, es ist auch aus der Boutique des Hotels. Mir war heute nach Blau.« Er wirft mir ein entwaffnendes Lächeln zu.

»Danke für die Sachen, ich werde dir das Geld dafür natürlich erstatten.«

Paul winkt lässig ab. »Das wird nicht nötig sein. Sieh es als Geschenk für heute Nacht.«

Oh, nein! Mir wird ganz flau im Magen. Ich kann es einfach nicht glauben, dass ich gegen mein oberstes Prinzip verstoßen habe und mit einem Mann geschlafen habe, der vergeben ist. Ich werde mir nie wieder im Spiegel in die Augen sehen können.

»Kommst du?«, fragt er und legt seine Hand auf meinen Rücken, um mich zur Tür zu begleiten.

Wir treffen als Letzte ein, zwar hat das Meeting noch nicht angefangen, aber man wartet im Foyer bereits auf uns und es ist mit äußerst peinlich, dass wir zusammen durch die Tür treten, denn es sieht genau danach aus, was es ist – dass wir die Nacht zusammen verbracht haben.

»Paul«, ruft ein älterer Herr mit silbergrauem Haar, kommt auf uns zu und bleibt abrupt stehen. Verdutzt schaut er auf Pauls Anzug. »Your dress, is it blue?«, fragt er verblüfft.

Mit einem angedeuteten Lächeln nickt Paul und reicht ihm die Hand. »Yes, Michael, it's blue.« Er nestelt nervös an seiner Krawatte. Dann erinnert er sich an mich und sagt auf Deutsch: »Darf ich dir Hanna Peterson vorstellen? Sie ist die Projektleiterin.«

Er nickt mir aufmunternd zu. »Ms Peterson, Michael Brakeman. Ich habe schon von Ihnen gehört, Tim lobt Sie in den Himmel.« Sein Deutsch ist fehlerfrei, aber mit starken amerikanischem Akzent.

Oh mein Gott, Pauls Schwiegervater. Ich drücke aufgeregt seine Hand. »Mr Brakeman, ich freue mich, Sie kennenzulernen.«

Tim kommt hektisch mit den Armen wedelnd auf mich zugerannt. »Hanna, wo warst du? Ich habe tausend Mal versucht, dich auf deinem Handy zu erreichen. Ich habe es auch auf dem Festnetz versucht, aber es war niemand zu erreichen.«

Meine Wangen glühen und färben sich der Hitze nach zu urteilen rot. »Ich habe eine Schlaftablette genommen und das Telefon ausgeschaltet, tut mir leid.«

»Jetzt bist du ja da.«

Ich schaue mich um und sehe Paul vertieft in ein Gespräch mit Mr Brakeman. Ab und an blicken beide zu mir herüber und ich möchte zu gerne wissen, was da vor sich geht. Ihre Blicke sind mir unangenehm und ich kann nur hoffen, dass Paul seinem Schwiegervater nicht gerade gesteht, mit mir die Nacht verbracht zu haben. Dann kann ich sofort meine Kündigung einreichen, bevor ich im hohen Bogen rausgeschmissen werde.

»Meine Herrschaften, darf ich Sie bitten? Der Briefingroom befindet sich in der obersten Etage«, ruft Tim laut.

Ich stehe im Aufzug ganz hinten an der Wand, direkt neben Paul, der nach meiner Hand sucht und, als er sie erreicht, mit seinem Daumen zärtlich über meinen Handballen fährt. Ich schnappe nach Luft und versuche mich freizumachen, doch erst kurz bevor sich die Türen des Lifts in der 5. Etage öffnen, lässt er meine Hand wieder los. Ich würdige ihn keines Blickes, sondern steige kommentarlos aus dem Aufzug.

»Maggie«, rufe ich überrascht aus, als ich sie im Briefingroom antreffe.

»Tim hat mich angerufen, weil du ja nicht aufzutreiben warst, damit ich für die Besprechung alles vorbereite. Wo bist du überhaupt gestern abgeblieben?«, fragt sie leise.

Ich hebe die Schultern. »Zu Hause, ich … ich habe wohl geschlafen.«

»Na, das muss ja ein tiefer Schlaf gewesen sein«, bemerkt sie spitz und wirft einen Blick auf Paul, der in eine Unterredung mit Tim und Jon Kinsley, dem CEO von Mixmex, vertieft ist.

»Ich muss dir unbedingt etwas erzählen, was ich gestern im Internet über Paul Westen gegoogelt habe.« Sie versucht mich zur Tür zu ziehen, doch Tim erhebt die Stimme und bittet die Anwesenden sich zu setzen.

Maggie verschwindet mit einem gezischten: »Später.«

Tim begrüßt alle Anwesenden und stellt mich auch noch einmal vor. Dann wird die Werbekampagne besprochen und die Absatzstatistik analysiert. Alles in allem dauert dies fast eine Stunde, bis Tim endlich zum Ende kommt und Mr Brakeman das Wort ergreift.

»Ich bitte Sie, mein nicht ganz so korrektes Deutsch zu entschuldigen. Aber Mr Kinsley hat mich gebeten, Ihnen mitzuteilen, dass die Mixmex Corporation den Werbeauftrag an Brakeman, Louis und Westen Deutschland vergeben wird, unter der Bedingung, dass Ms Peterson in unsere Hauptstelle nach New York wechselt und dort die Kreativleitung der Mixmex Kampagnen übernimmt.«

Eine kurze Pause tritt ein, in der alle Köpfe sich in meine Richtung drehen und mich anstarren. Erst als Tim große Augen macht und mit den Augenbrauen zuckt, weiß ich, dass ich etwas sagen sollte.

»Ähm, ich ... also, das kommt jetzt etwas überraschend«, stammele ich verlegen. Mein Blick sucht Pauls, doch er scheint im Moment etwas ganz Wichtiges notieren zu müssen. Verdammt! New York, das ist immer mein Traum gewesen, doch der Gedanke, dass ich dort Paul ab und an begegnen würde, lässt die Sache in einem ganz anderen Licht erscheinen.

»Aber Herr Westen ist doch für die Projekte von Mixmex zuständig«, wende ich ein und habe somit seine volle Aufmerksamkeit.

Brakeman übersetzt für Kinsley leise, was ich gerade gesagt habe und Kinsley erwidert etwas, was ich nicht verstehen kann, weil er zu leise spricht. Brakeman nickt und schaut dabei Paul kurz an, der ebenfalls nickt.

»Sie würden mit Paul zusammen daran arbeiten. Wäre das ein Hindernis für Sie?«

Oh Mann, irgendwie ist die Luft hier gerade sehr dünn und ich schütte mir ein Glas Wasser ein. Ich trinke einen Schluck, das verschafft mir ein wenig Bedenkzeit. »Ich weiß nicht so genau, ich habe hier einige Projekte zu betreuen, die kann ich nicht so einfach im Stich lassen.«

Ich sage es in den Raum hinein, doch mein Blick bleibt an Pauls hängen. Ihm hier in Hamburg wiederzubegegnen ist eine Sache, doch in New York, wo er mit seiner Frau lebt, eine ganz andere. Endlich war ich über ihn hinweg und jetzt dieses Angebot, das Leiden wird wieder von vorne beginnen ... das möchte ich auf keinen Fall.

»Ich denke nicht, dass dies eine so gute Idee ist.«

»Ms Peterson, darf ich Sie einen Augenblick unter vier Augen sprechen?« Michael Brakeman hat sich bereits erhoben.

»Sie können mein Büro benutzen.« Tim ist aufgesprungen und öffnet die Tür zu dem angrenzenden Zimmer. Im Vorbeigehen wirft er mir einen warnenden Blick zu. *Versau es nicht,* soll das wohl heißen, dabei kennt er den Grund, warum ich Hamburg nicht so einfach verlassen kann. Er berührt meine Schulter, als wollte er mir sagen: Es wird alles gut!

Ich schließe die Tür hinter mir und trete zu Brakeman, der sich mit tief in den Taschen vergrabenen Händen zu mir umdreht. Seine stahlblauen Augen fixieren mich. Auch wenn er bereits älter ist, sieht man ihm immer noch an, dass er als junger Mann äußerst attraktiv war, es eigentlich immer noch ist, wenn man nicht von dem hellen Strahlen eines Paul Westen geblendet wird. In diesem Moment wird mir klar, dass er weiß, was ich getrieben habe. Er weiß, dass ich seine Tochter mit seinem Schwiegersohn betrogen habe und ich möchte am liebsten sofort kündigen. Es wäre das Beste, wozu so tun, als wäre nichts gewesen?

»Ms Peterson, you know Paul?«, fragt er und ich antworte mit einem leisen »Yes.«

»Bitte verzeihen Sie«, sagt er auf Deutsch und ich weiß nicht, ob er die Sprache oder die Frage selbst meint. »Woher kennen Sie ihn?«

»Wir sind zusammen zur Schule gegangen, das ist schon lange her«, versuche ich zu beschwichtigen. Wenn man mich so hört, spricht das schlechte Gewissen aus mir.

»Waren Sie mit Paul befreundet, bevor er nach Amerika ging?«

»Nein ... ja, ich meine wir waren Schulfreunde, aber kein richtiges Paar, wenn Sie das meinen«, kann ich reinen Gewissens sagen. *Ein richtiger Partner hätte mich nicht verlassen,* denke ich verkniffen.

Einen Moment sieht Brakeman mich prüfend an. Mensch, ich war betrunken, sonst hätte ich es nie so weit kommen lassen, schallt es in meinem Kopf und ich würde ihm das gerne sagen, doch ich kann nicht. Mein Hals ist wie ausgedörrt und meine Kopfschmerzen sind wieder da.

»Ich würde gerne wissen, wie Sie das fertiggebracht haben«, fragt er kopfschüttelnd und ich möchte gerne wissen, was er meint.

»Was?«, frage ich also folgerichtig.

»Wissen Sie, seitdem meine Tochter vor vier Jahren starb, habe ich Paul nie wieder eine andere Farbe als Schwarz tragen sehen. Heute sehe ich ihn zum ersten Mal wieder in einem blauen Anzug und einem blauen Hemd, in Kleidung, die Ihrer erstaunlich ähnlich sieht.«

Ich bin so geschockt, dass ich nur schnell erwidere, dass es sich nur um einen Zufall handeln kann.

»Hanna, ich darf Sie doch Hanna nennen, oder? Wir wissen beide, dass das nicht so ist.«

Ich wende meinen Blick zum Fenster.

»Hat er Ihnen nicht gesagt, dass er Witwer ist?«

Ich schüttele den Kopf. »Nein, das wusste ich nicht. Aber so gut kennen wir uns schließlich nicht, dass er mir davon erzählen muss.«

»Nun, Paul ist sehr verschlossen, was das anbelangt. Ich möchte Sie also ganz offen fragen, ob es für Sie ein Problem wäre, mit Paul an diesem Projekt zu arbeiten?«

Irgendwie fühle ich mich tief getroffen, dass Paul mir nicht die Wahrheit gesagt hat und mich in dem Glauben ließ, er wäre noch verheiratet. Er musste doch wissen, wie unangenehm es mir ist zu glauben, ich könnte mit einem verheirateten Mann ins Bett gegangen sein. Gut, wenn er unsere Beziehung so distanziert betrachten kann, dann kann ich das auch. Ich bin Profi und New York war immer schon mein Traum. »Nein, das ist für mich kein Problem, wenn es für Paul keines ist«, erwidere ich entschlossen und recke mein Kinn vor. Auch wenn ich aus Hamburg nicht so einfach verschwinden kann, für 2 Monate muss es gehen.

3 Kapitel

Ich fahre meinen PC herunter und taste nach dem Schalter für die Schreibtischlampe. Es ist mein vorerst letzter Arbeitstag hier in Hamburg. Heute geht mein Flieger in die Staaten. Maggie kann es gar nicht fassen. Sie hat vorläufig meinen Posten als Kreativdirektor bekommen und ist ganz aus dem Häuschen. Wenn sie sich bewährt, kann sie diesen behalten. Dass sie dies meiner Fürsprache zu verdanken hat, habe ich nicht erwähnt, aber ich bin mir sicher, sie packt das. Ob ich meinen Job in New York packe, da bin ich mir nicht so sicher.

»Hast du eine Ahnung, wo du in New York wohnen wirst?«, fragt mich Maggie, die neben mir sitzt, weil ich sie in alle wichtigen Projekte eingewiesen habe.

»Nein«, schüttele ich den Kopf. »Ich habe lediglich die Adresse der Firma und einen Hinweis, dass ein Fahrer mich am Flughafen abholen wird. Wird schon schiefgehen.« Ich verziehe das Gesicht.

Die Delegation ist bereits am Samstagnachmittag abgereist und heute, am Montag, fliege ich ihnen hinterher.

»Hat Paul sich noch einmal bei dir gemeldet?« Maggie schaut mich voller Mitgefühl an. Sie ist die Einzige, der ich von der Episode mit Paul erzählt habe und dass ich nicht weiß, ob ich mit ihm geschlafen habe oder nicht. Ich schüttele den Kopf. Nein, er hat sich weder verabschiedet, noch bei mir gemeldet. Warum auch?

»Schade, dass ich dir nicht vorher Bescheid geben konnte, dass er Witwer ist, so wärst du nur halb so überrascht gewesen. Aber ich musste bei Google sehr tief graben, um auf diese Information zu stoßen.«

»Es ändert ja nichts«, meine ich und hebe die Schultern, »dass er sich nicht mehr bei mir gemeldet hat, sagt doch alles, oder?«

Maggie seufzt tief. »Mach dir nicht zu viele Gedanken, du bist in der Tat zu beneiden. New York, wer träumt nicht davon?«

Ich lache. »Ja, aber möglicherweise bin ich auch schneller wieder hier, als mir lieb ist.«

»Was glaubst du, wie lange du weg sein wirst?«

»Ich habe keine Ahnung, aber ich muss in 2 Monaten zurück sein, spätestens, wenn die Ferien beginnen. Ich kann Emely und Jonah ja schlecht im Internat hängen lassen.“ Ich seufze jetzt auch.

»Du kannst dich wie immer voll auf mich verlassen, Hanna. Deine Kinder lieben mich und es ist ja auch nicht das erste Mal, dass ich als Patentante einspringe. Sobald die großen Ferien beginnen, hole ich die Zwei ab und wir verbringen schöne Tage auf dem Hof meiner Eltern. Du weißt, sie lieben deine Kinder, als wären es ihre eigenen.«

Ich schlinge die Arme um Maggies Hals und drücke sie fest an mich. »Mensch, Maggie, du bist ein Schatz! Was würde ich nur ohne deine Unterstützung tun? Ich wäre ohne dich vollkommen aufgeschmissen.«

Ein verlegenes Lächeln huscht über ihre Lippen. »Vielleicht solltest du den Erzeuger deiner Kinder mal informieren, dass er Vater ist, dann wäre das alles für dich nur noch halb so schwer.«

Entschlossen verneine ich diesen Ratschlag. »Maggie, du weißt, dass dies für mich keine Option ist. Es sind und bleiben nur meine Kinder. Für einen Vater gibt es keinen Platz in unserem Leben.«

»Ich hoffe für dich, dass das die beiden auch in Zukunft so sehen werden.«

»Du musst mir auf jeden Fall täglich eine E-Mail schreiben, Maggie, sonst mache ich mir echt Sorgen um dich.«

Lachend verspricht sie es mir und ich mache mich auf den Weg, mich noch von Tim zu verabschieden. Kurz darauf bringt mich ein Taxi zum Flughafen, meiner ungewissen Zukunft entgegen.

In meinen Kopfhörern dröhnen die Bee Gees und singen mir etwas von den Nächten auf dem Broadway vor, doch ich kann mich nicht konzentrieren, zu groß ist meine

Angst vor dem Unbekannten. Und vor Paul. Er hatte mir nach dem Meeting nur kurz die Hand gedrückt und mich noch nicht einmal richtig angesehen. Dabei konnte ich kurz hinter die Maske von Paul Westen schauen und erkennen, dass er sich doch nicht verändert hatte. Er sah in mir immer noch das kleine dumme Mädchen, das in ihn verliebt war.

Gegen zwanzig Uhr setzt das Flugzeug zum Landeanflug an und eine Dreiviertelstunde später bin ich endlich durch den Zoll. Mein schwerer Koffer lässt sich nur sperrig hinter mir herziehen. Als ich durch die Schleuse trete, blicke ich mich suchend um. Ein wenig habe ich gehofft, dass Paul mich erwartet, aber er ist nirgends zu sehen und ich muss über mich lachen, wie dumm ich doch bin. Als ich mir den Weg durch die wartende Menschenmenge bahne, sehe ich einen Chauffeur mit einem Schild, das meinen Namen trägt. Lächelnd gehe ich auf ihn zu und sage: »Hello, I'm Hanna Peterson.«

Der Chauffeur tippt sich an die Mütze. »Miss Peterson, welcome to New York. My Name is Adam. Please follow me to the car.«

»Sure, thank you.«

Ich folge ihm zum Wagen, der im Kurzparker Bereich wartet. Ohne Probleme wuchtet er meinen Koffer und die schwere Reisetasche in den Kofferraum, dann hält er mir die Tür im Fond der Limousine auf. Es ist eine dieser riesigen schwarzen Chrysler Limos und ich steige lächelnd ein.

Sobald ich mich in das weiche Leder habe sinken lassen, erstarrt mein Lächeln.

»Hallo Hanna, ich hoffe, du hattest einen angenehmen Flug?«

»Danke, Paul. Er war sehr lang«, mehr bekomme ich nicht über die Lippen.

Er lässt die Trennscheibe zur Fahrerkabine herunter und nennt Adam eine Adresse, dann fährt er sie wieder hoch und wir sind unter uns.

Bunte Lichter fliegen an meinem Fenster vorbei, doch ich habe keinen Blick dafür. Anstatt mir die Stadt anzusehen, habe ich nur noch Augen für Paul. Er trägt wieder schwarz. Schwarzes Hemd, schwarzer Anzug. Auf eine Krawatte hat er verzichtet, sein Kragen steht offen und zwei Knöpfe sind geöffnet, sodass ich braungebrannte Haut sehe.

»Warum hast du es mir nicht gesagt?«, frage ich in die Stille hinein.

»Was? Dass ich dich abhole?«

Ich atme genervt aus. »Du weißt genau, wovon ich rede.«

Eine Weile ist er still, doch dann sagt er: »Ich spreche nicht über sie.«

Damit scheint die Sache für ihn erledigt zu sein, aber nicht für mich.

»Hat sie auch einen Namen?«

Paul holt zischend Luft und ich merke, dass ihm diese Frage überhaupt nicht passt, doch ich bin so wütend, dass ich einfach nicht von ihm ablassen kann.

»Ich glaube nicht, dass deine Frau es verdient hat, dass du sie vergessen willst.«

Wütend fährt er zu mir herum und beugt sich drohend über mich. »Hanna, pass auf, was du sagst. Du weißt gar nichts.« Er ist stocksauer, aber ich bin ihm ein ebenbürtiger Gegner und weiche nicht zurück, obwohl sein bedrohlicher Blick mich fixiert.

»Wie auch? Du erzählst mir ja nichts. Nicht einmal, ob wir miteinander geschlafen haben!«

Pauls Augen weiten sich für einen Moment und er starrt auf meine Lippen.

»Glaub mir, Baby, wenn es so gewesen wäre, würdest du dich mit Sicherheit daran erinnern.«

Ich denke noch, wenn er mich jetzt küsst, schlage ich ihn, da senkt er seinen Mund auf meine Lippen. Nicht zart und vorsichtig sondern grob und fordernd. Er scheint wirklich böse auf mich zu sein und ich weiß noch nicht einmal warum, doch ich kann nicht anders und erwidere seinen Kuss. Heiß spüre ich seine Lippen auf meinen und seine Zunge drängt in meinen Mund. Ich dachte, ich wäre immun gegen ihn, doch ich habe mich total getäuscht. Ich kann ihm einfach nicht widerstehen, möchte ihn von mir schieben und ihm zeigen, dass er kein leichtes Spiel mit mir hat. Noch während mir dieser Gedanke durch den Kopf geht, löst Paul sich von mir und murmelt: »Willkommen in New York, Hanna. Und nein, wir haben nicht miteinander geschlafen. Ich habe auf der Couch im

Wohnzimmer übernachtet, und mir die ganze Nacht vorgestellt, wie es wohl wäre, wenn wir uns lieben würden, wenn du es genau wissen willst.«

Meine Erleichterung entlädt sich augenblicklich. »Du Blödmann, warum lässt du mich dann in dem Glauben, dass etwas zwischen uns passiert ist?« Ich boxe ihn so fest ich kann gegen den Oberarm.

»Aua, das tat weh«, stöhnt er übertrieben.

»Das hast du verdient.«

Ein kleines Lächeln zeichnet sich auf Pauls Lippen ab und ich muss mich ernsthaft bemühen, ihm böse zu bleiben.

»Wo werde ich wohnen?«, frage ich, um aus dieser verfahrenen Situation herauszukommen.

»Bei mir.«

»Oh nein«, kommt es mir sofort über die Lippen, ohne vorher überhaupt darüber nachzudenken. »Das geht auf keinen Fall.«

»Warum nicht?«, fragt Paul unnötigerweise.

»Warum nicht? Weil du vielleicht mein Chef bist?! Wie sieht das denn aus? Ich bin deine Angestellte, ich kann nicht mit dir in einer Wohnung leben. Wie kommst du nur auf solch eine Idee?«

»Es ist praktisch.«

»Was soll daran bitte praktisch sein?«

»Ich wohne ganz in der Nähe unseres Büro, außerdem arbeite ich viel zu Hause, da ist es einfach zweckmäßig, wenn du in der Nähe bist, bist du etwas Eigenes gefunden hast.«

Obwohl ich im Flugzeug geschlafen habe, bin ich hundemüde und möchte nur noch ins Bett. Die Konversation mit Paul laugt mich einfach aus, er ist so anstrengend wie ein Kleinkind. Ich muss auch nicht lange warten, bis wir vor einem der Wolkenkratzer halten und uns Adam die Tür öffnet. Nachdem Paul ausgestiegen ist, nimmt er meine Hand, um mir aus dem Wagen zu helfen und dann greift er nach meinem Gepäck.

»Das Büro liegt nur zwei Blocks von hier entfernt. Wir können morgens zu Fuß dorthin laufen«, erklärt er mir und zeigt die Straße hinauf. Ich nicke stumm und bin froh, als wir das elegante Wohngebäude betreten. Hier ist es wesentlich ruhiger, als auf der lauten überfüllten Straße.

»Guten Abend, George. Miss Peterson ist mein Gast. Wir benötigen eine Schlüsselkarte für sie, damit sie kommen und gehen kann, wie es ihr beliebt.«

»Miss Peterson«, grüßt George mich freundlich und reicht mir eine Chipkarte.

»Thank you, Mr George«, sage ich und Paul grinst mich an. »Es reicht, wenn du ihn George nennst.« Der kleine Mann mit offensichtlichen italienischen Wurzeln lächelt mich freundlich an. Ich bin den Umgang mit Personal nicht gewohnt und frage mich, ob das ein Leben für mich wäre. Wohl eher nicht.

4 Kapitel

Sein Appartement liegt natürlich im obersten Stockwerk, die Penthouse Wohnung. Der eigentliche Blickfang ist die Dachterrasse. Ich falle fast in Ohnmacht, als ich sie sehe. Eine grüne Oase mitten in einer Betonstadt. Sie ist fast so groß wie die Wohnung selbst und übersät mit exotischen Pflanzen und Bäumen, die gleichzeitig als Sichtschutz dienen, sodass man sich nackt sonnen könnte, was ich natürlich nicht will. Ich habe nicht einmal einen Bikini mitgebracht, denn ich bin schließlich zum Arbeiten hier.

Paul zeigt mir noch den Rest der Wohnung. Die Küche ist groß, mit einer Kochinsel in der Mitte und einer Bar davor, alles sieht so neu aus, als wäre sie noch nie benutzt worden. Es gibt zwei Bäder, eines gehört zu Pauls Schlafzimmer, das bemerkenswert unscheinbar daher kommt. Es gibt als einziges Möbelstück ein großes Bett, mit einer Bettdecke und einem Kopfkissen mit schwarzem Bezug. Ansonsten gibt es luftige weiße Vorhänge an den Fenstern und graue Seidentapeten. Der Rest des Raums ist leer.

»Wo sind deine Sachen?«

Paul deutet auf eine Tür neben dem Bad. »Es gibt einen begehbaren Kleiderschrank.« Er öffnet ihn und ich kann einen Blick hineinwerfen. Mr Brakeman hatte recht – dort hängen nur schwarze oder graue Anzüge und Hemden. Außer den blauen hinten in der Ecke, den er in Hamburg getragen hat.

Der lange Flur ist überfüllt von Kunstdrucken verschiedenster Stilrichtungen. Sie einzeln zu würdigen würde bestimmt Stunden dauern. Das Wohnzimmer liegt zwei Stufen tiefer und es gibt eine riesige Sitzlandschaft, einen großen LCD-Fernseher und eine Musikanlage mit hypermodernen Boxen.

Sein Arbeitszimmer ist vollgestopft mit Büchern, die sich sogar auf dem Boden stapeln. Der Schreibtisch ist übersät von Papieren, auf dem Tisch steht kein Laptop, sondern ein großer Monitor, der Stand-PC ist unter dem Tisch versteckt.

»Wenn du möchtest, können wir einen Arbeitsplatz für dich einrichten.«

»Glaubst du, das wird nötig sein?«, frage ich mit hochgezogenen Augenbrauen. »Sobald ich es mir leisten kann, werde ich mir eine kleine Wohnung mieten.«

»New York ist teuer, guter Wohnraum rar. Ich glaube kaum, dass du in naher Zukunft etwas Passendes finden wirst, wenn du nicht ins Hotel ziehen möchtest.«

Ich schaue ihn skeptisch an und denke *wir werden ja sehen*.

»Hier ist dein Zimmer.«

Er führt mich einen Raum weiter und dort stehen mein Koffer und meine Reisetasche, zum Auspacken bereit. Das Zimmer ist im Vergleich zu Pauls kargem Schlafzimmer geradezu verschwenderisch möbliert. Es gibt ein Bett mit passendem Nachttisch und Kommode. Die Tür zum begehbaren Kleiderschrank steht offen.

»Wieso ist dein Schlafzimmer so leer?«, will ich wissen.

Er wirft mir einen kurzen Blick zu und meint: »Ich bin gerade erst eingezogen.« Dann dreht er sich um und lässt mich stehen. Schnell packe ich meine Sachen aus und verstaue Koffer und Reisetasche im Ankleideraum. Das hier ist einfach Luxus pur und ich weiß gar nicht so richtig damit umzugehen. Möglicherweise ist das normal für New Yorker Verhältnisse, aber so ganz glauben kann ich es nicht. Es ist eine Spur zu heftig und vielleicht sollte ich schnell wieder verschwinden, bevor es mir gefällt und ich mich daran gewöhne.

Als ich fertig bin, erscheint Paul in der Tür. »Lass uns auf die Terrasse gehen. Du wirst hungrig sein, ich habe uns etwas vorbereitet.«

Auf dem Tisch neben der gemütlichen Sitzgruppe stehen Sandwiches und eine Flasche Wein.

»Hast du die gemacht?«, frage ich überrascht.

Lachend nickt Paul und kleine Fältchen an seinen Augen lassen ihn äußerst sympathisch aussehen. »Ja, ich koche gerne selbst. Meine Mutter hat es mir beigebracht.«

Wir setzen uns und Paul schenkt uns ein Glas Wein ein. Eigentlich will ich keinen Alkohol trinken, doch nach einem Glas Wasser will ich auch nicht fragen. Ich mache mich mit großem Appetit über die Sandwiches her und sie schmecken wunderbar. »Du wohnst hier wundervoll. Ich kann nicht fassen, dass es so etwas in New York gibt.«

Paul nickt. »Ja, ich habe auch lange danach gesucht. Früher habe ich in einem großen Haus gelebt bis ... nun, jetzt wohne ich hier.«

Er schaut mich nicht an, aber ich sehe, wie schwer es für ihn ist, an diese Zeit zurückzudenken. Er wirkt verlegen und ich will nicht schon wieder anfangen. Es wundert mich, dass es nirgendwo ein Anzeichen seiner Ehe gibt, weder ein Hochzeitsfoto noch irgendetwas anderes. Er trägt auch keinen Ehering. Nichts lässt darauf schließen, dass es jemals eine große Liebe in seinem Leben gegeben hat. Wie tief muss ihn dieser Verlust getroffen haben, dass er alles verbannt hat, was ihn daran erinnert. Ich kann es nicht verstehen und doch tut es mir weh, obwohl es mich gar nichts angeht.

»Wie geht es deinen Eltern?«, frage ich, um meine Gedanken eine andere Richtung zu geben.

»Gut, sie leben mittlerweile auf einem Bauernhof in der Nähe von Hamburg. Mein Vater hat seinen Job als Anwalt an den Nagel gehängt und ist nun Landwirt.«

Er lächelt verstohlen.

»Was ist daran so witzig?«

»Nun«, meint er, steht auf und setzt sich nahe zu mir auf die Couch, die mit weichen Kissen angehäuft ist, »das wäre nichts für mich. Landwirt ist etwas, wozu man berufen sein muss. Ich hingegen liebe meinen Job.«

»Ja, das kann man leicht sagen, wenn man der Chef ist«, lache ich.

»Das solltest du nicht tun, Hanna.«

»Was?«

»Du solltest mich nicht als deinen Chef betrachten, wir arbeiten in Zukunft zusammen, da sind wir gleichwertige Partner.«

Ob das so einfach für mich werden wird, muss sich noch herausstellen. »Aber das bist du nun mal, Paul. Wir können die Fakten doch nicht verdrängen.« Er ist mir so nah, dass ich seine Wärme spüre und ich bekomme in seiner Gegenwart kaum Luft. Kurzatmig schnappe ich danach und sehe vermutlich wie ein Fisch auf dem Trockenen aus.

»Was hast du die ganzen Jahre so getrieben?«, fragt er und zieht dabei mit seinem Zeigefinger eine Spur über meinen Oberarm. Sein Finger fühlt sich warm und angenehm auf meiner Haut an. Ohne es zu wollen, sinke ich tiefer in die Kissen und damit auch näher zu Paul.

»Ich habe vor sechs Jahren angefangen zu studieren. Grafik, dazu Medien- und Kommunikationswissenschaften. Vor zwei Jahren wurde mir diese Stelle angeboten, weil ich bei Tim ein Praktikum absolviert habe und ihm meine Arbeit gefallen hat.«

»Was hast du denn direkt nach dem Abi gemacht?«

Mir wird heiß. »Ich habe ... ähm ... ein bisschen so rumgehangen ... ich wusste nicht wirklich, was ich mit meinem Leben anfangen sollte«, stammele ich mich von einer Lüge zur nächsten.

Paul nickt wissend. »Und gefällt es dir, für uns zu arbeiten?«

»Ja, Tim ist ein toller Chef und seine Frau ist so was wie meine Ersatzmutter geworden.«

»Was ist mit deiner Mutter?«, fragt er und scheint überrascht zu sein.

»Meine Mutter ist vor zwei Jahren gestorben. Sie war lange krank. Krebs. Weißt du, sie hat sehr gelitten, manchmal ist der Tod auch eine Erlösung.« Es fällt mir nicht so leicht darüber zu reden, aber ich kann es, und wenn ich an meine lebensbejahende Mutter denke, muss ich immer lächeln.

Paul schaut mich gespannt an. »Was ist mit deinem Vater?«

Ich hebe die Schultern. »Ich bin allein bei meiner Mutter aufgewachsen, ich weiß nichts über meinen Vater und will auch nichts von ihm wissen. Er ist nicht wichtig für mich. Väter werden in meinen Augen überbewertet.«

»Ich habe Respekt vor dir, wie du das alles so gemeistert hast, du kannst wirklich stolz auf dich sein.«

»Du hast doch auch viel erreicht.« Ich lehne mich vor, um von meinem Wein zu trinken. Er schmeckt wirklich gut, sein leichtes Bouquet steigt mir nicht gleich zu Kopf.

Der Abend ist warm, wir haben Anfang Mai und die Sterne leuchten hell am Himmel, der Halbmond spendet viel Licht, sodass Pauls Gesicht gut zu erkennen ist und jede seiner Regungen.

»Außer einem ausgezeichneten Studiumabschluss habe ich nicht viel mehr erreicht, als der Schwiegersohn von Michael Brakeman zu werden«, sagt er und es klingt, als wäre er ein wenig enttäuscht von sich selbst, was ich nicht ganz nachvollziehen kann.

»Ich glaube, dass du für die Firma wesentlich mehr bist. Wer ist eigentlich dieser Louis?«

»Louis hat sich schon vor Jahren aus dem Geschäft zurückgezogen. Ihn gibt es praktisch nur noch auf dem Papier und Michael will sich auch bald zur Ruhe setzen, damit würde die Leitung an mir hängen bleiben.«

Ein Unausgesprochenes *aber* bleibt in der Luft stehen.

» ... und du bist dir nicht sicher, ob du das möchtest?«, frage ich ihn daher und Paul schaut mir offen ins Gesicht.

»Würdest du es wollen?«, fragt er mich und ich weiß im Augenblick nicht genau, was ich sagen soll.

»Hm, musst du ihm die Firma abkaufen?«

»Nur zu einem geringen Teil, er hat mir bereits die Hälfte der Firma überschrieben. Ein Drittel habe ich von Joyce nach ihrem Tod geerbt.«

Es ist das erste Mal, dass Paul den Namen seiner verstorbenen Frau erwähnte. Ich blinzele leicht, so überrascht bin ich darüber, so unverhofft werde ich damit konfrontiert.

Sein Gesicht ist starr, wie eine Maske, und ich kann nicht anders, ich streichele seine Wange. Er hat die Augen geschlossen und schmiegt sein Gesicht in meine Hand. Die Geste berührt mich und ich muss ihn küssen. Sanft lege ich meine Lippen auf seine, die im ersten Moment kühl sind, doch ganz schnell leidenschaftlich meinen Kuss erwidern. Er schmeckt so gut und ich weiß, wenn ich das hier nicht sofort abbreche, wird es kein gutes Ende nehmen. Mein Herz schlägt wie bei einem Marathon, ich sollte mich wie bei der Erfüllung meiner geheimen Träume fühlen, doch etwas hält mich zurück, etwas sagt mir, dass ich vorsichtig sein muss. Träume erfüllen sich nicht einfach so aus heiterem Himmel.

»Du hast keine Ahnung, wie froh ich bin, dass du hier bei mir bist, Hanna«, flüstert er an meinen Lippen.

Ich räuspere mich leicht und mache mich frei. »Morgen wird ein anstrengender Tag, ich sollte lieber ins Bett gehen.« Schnell erhebe ich mich, um bloß nicht schwach zu werden. Paul schaut mich verdutzt an und schlägt die Beine übereinander. Für eine kurze Sekunde war er mir ganz nah, doch dieser Moment ist nun verschwunden und er ist wieder freundlich distanziert. »Sicher, Hanna, ich wünsche dir eine gute Nacht. Wenn du morgen um neun Uhr fertig bist, können wir zusammen zum Büro laufen.«

5 Kapitel

Die Firma ist riesig, wenn ich sie mit meinem bisherigen Arbeitsplatz in Hamburg vergleiche. Es gibt eine ganze Reihe von Entwicklungsbüros und Kreativdirektoren. Paul führt mich persönlich herum und stellt mich allen wichtigen Leuten vor. Ich habe oft Schwierigkeiten den Gesprächen zu folgen, zwar spreche ich ein sehr gutes Englisch, doch einige Angestellte haben einen Akzent, mit dem ich erst einmal zurechtkommen muss.

Mein Büro liegt gleich neben dem von Paul, was mich ein wenig stutzig macht, denn die anderen Kreativdirektoren sitzen eine Etage tiefer. Pauls Sekretärin musterte mich erst einmal von oben bis unten, als Paul mich vorstellt und ihr erklärt, dass ich das Büro neben seinem beziehen werde, dann wirft sie mir einen vernichtenden Blick zu. Sie hat lange platinblonde Locken und schwebt auf 12 cm hohen Absätzen durch den Raum. Sie trägt mit Sicherheit Größe Zero und ihr Teint scheint makellos. Na toll, in diesem Augenblick wünsche ich mir Maggie an meine Seite, um nach Herzenslust mit ihr über diese eingebildete Kuh zu lästern. Ich beschließe, Maggie am Abend eine E-Mail zu schreiben, mit der Bitte um gute Ratschläge, wie ich gegen 12 cm konkurrieren kann.

Frustriert ziehe ich mich in mein Zimmer zurück und mache mich mit den Arbeitsabläufen vertraut, als Paul mit einigen Akten unter dem Arm mein Büro betritt und meint: »Bis du dir eine Assistentin ausgesucht hast, wird Linda für dich mitarbeiten.«

Freundlich winke ich ab. »Das wird nicht nötig sein, aber vielen Dank. Ich schaffe das schon allein.«

Im ersten Moment ist sein Gesicht verdutzt, doch dann breitet sich ein Lächeln aus. »Du brauchst nicht eifersüchtig auf Linda zu sein, Hanna. Sie ist ein Typ Frau, der mich nicht im Geringsten interessiert.«

Beschäftigt schaue ich auf meinen Monitor, obwohl dort nur der Bildschirmschoner läuft, und entgegne: »Wie kommst du auf den Gedanken, dass ich eifersüchtig sein könnte? Worauf?« Mein Blick soll Unwissenheit ausdrücken, doch ich glaube, er erreicht genau das Gegenteil.

»Das möchte ich von dir wissen.«

»Ich ... kann ich dir irgendwie helfen?«, frage ich stattdessen und zeige auf die Unterlagen, die er in den Händen hält.

Er hat mich mit einem Blick durchschaut und das wurmt mich ungemein.

»Ja, das hier sind die Vorschläge aus der Personalabteilung, damit du dir eine Assistentin aussuchen kannst.«

Er reicht mir drei Mappen. Oh nein, nicht noch ein Supermodell. Ich schlage die erste Mappe auf und das Gesicht eines gut aussehenden jungen Mannes schaut mir entgegen. Ohne näher darauf einzugehen, tippe ich auf die Mappe, schließe sie und schiebe sie ihm zu. »Den hier.«

»Das ist ein Mann!« Pauls Tonfall ist leicht hysterisch.

»Ja und? Ist er deshalb weniger qualifiziert?« Ich schaue ihn mit einem unschuldigen Augenaufschlag an.

»Aber du hast dir die anderen nicht einmal angesehen.«

Ich schlage die Akte noch einmal auf und sage dann: »Er hat Anfang April Geburtstag, ist also Widder, das passt hervorragend zu meinem Sternzeichen, wir werden wunderbar miteinander auskommen.«

Paul kommt mir gefährlich nahe. »Du machst die Wahl deines Assistenten von einem Sternzeichen abhängig?«, zischt er durch zusammengebissene Zähne.

Nickend widme ich mich wieder meinem interessanten Bildschirmschoner. Schwimmende Fische. Können ja so beruhigend für das Nervensystem sein.

»Wie du willst«, knurrt er, nimmt die Personalakten wieder an sich und verlässt den Raum, ohne die Tür zu schließen.

»Linda, kommen Sie in mein Büro«, höre ich ihn donnernd rufen und muss lachen. Wenn das ein Versuch ist, mich eifersüchtig zu machen, geht er gehörig in die Hose.

Keine halbe Stunde später betritt Mr Brakeman mein Büro. Er klopft kurz an die offene Tür und begrüßt mich überschwänglich.

»Hanna, welcome to New York. Nice to see you. I hope, you're having a good time.«

Er schließt mich in die Arme wie eine alte Freundin.

»Hallo, Mr Brakeman«, kann ich nur erwidern, zu überfahren bin ich von dieser Begrüßung.

»Oh, please call me Michael«, fordert er mich auf und ich nicke lächelnd. Er behandelt mich, als würde ich zur Familie gehören und ich ärgere mich, dass Linda das nicht mitbekommt.

»Hanna, darf ich Ihnen Chris Brown vorstellen? Er ist ab sofort Ihr Assistent.«

Ich blicke auf den jungen Mann, der hinter Brakeman mein Büro betritt, und schüttele ihm strahlend die Hand. Chris ist ein schlanker blonder Surfer-Typ mit einem sympathischen Lächeln, das mir auf Anhieb gefällt. Michael stellt mich kurz vor und entlässt Chris zu seinem Schreibtisch vor meiner Tür.

»Wo ist Paul?«

In seinem Büro und schmollt, denke ich, doch laut gebe ich die Ahnungslose. »Ich glaube nebenan.«

Brakeman fordert mich auf ihm zu folgen und wir betreten beide Pauls Büro. Linda liegt nicht, wie ich fast erwartet hatte, auf Paul Schreibtisch, sondern sitzt auf einem der Besucherstühle und macht sich Notizen. Als sie uns sieht, erhebt sie sich und grüßt Brakeman freundlich, der sie jedoch kaum beachtet.

»Ich hoffe, Ihre Unterkunft bei Paul gefällt Ihnen, Hanna«, fragt Brakeman und ich kann nicht anders, als begeistert zu nicken, besonders weil Linda noch in der Tür steht und jedes Wort wie ein Schwamm aufsaugt.

»Ja, danke, Michael«, entgegne ich, »Pauls Wohnung ist wirklich wundervoll.« Mein Blick gleitet dabei zu Linda, die daraufhin zu ihrem Schreibtisch stampft, wenn das auf 12 cm überhaupt möglich ist. Upps, habe ich da jemanden neidisch gemacht?

Mit einem zufriedenen Lächeln sehe ich Paul an und mein Blick sagt: *Wenn du spielen willst, achte auf deinen Gegner!* Brakeman spürt die Spannung, die im Raum liegt, und schaut verwundert von einem zum anderen.

»Ich habe heute Morgen einen Anruf von Jon Kinsley erhalten. Er hat uns zu einem Treffen nach Atlanta beordert und verlangt, dass Hanna daran teilnimmt.«

»Hanna?«, fragt Paul überrascht.

Brakeman nickt. »Ich glaube, Hanna hat auf Kinsley einen nachhaltigen Eindruck gemacht, wenn er ausdrücklich nach ihr verlangt.«

Paul nickt zustimmend und ich werde rot. »Ich habe in Hamburg doch nichts Besonderes getan, außer meine Arbeit.«

»Die aber auffallend gut«, meint Brakeman. »Sie haben nicht nur uns überzeugt, Hanna.«

»Dann fliege ich mit. Ich bin schließlich der Projektleiter.«

Brakeman nickt zustimmend. »Okay, es wäre verantwortungslos, Hanna allein fliegen zu lassen, wo sie sich hier nicht auskennt.«

Paul ruft in Richtung Tür: »Linda, bitte buchen Sie für heute Abend zwei Flüge nach Atlanta und ein Hotelzimmer.«

»Zwei Einzelzimmer?«, höre ich sie süffisant fragen. *Blöde Kuh,* denke ich und mische mich ein. »Eine Suite mit zwei Schlafzimmern, bitte«, ergänze ich und schenke ihr durch die aufstehende Tür ein falsches Lächeln. Kommentarlos nickt sie und macht sich an die Arbeit. In diesem Leben werden wir wohl keine allerbesten Freundinnen mehr.

~

Als sich die Bürotür schließt, bleibt Paul allein zurück. Die Situation gefällt ihm gar nicht. Was will dieser Kinsley nur von Hanna? Er ist ein mächtiger Geschäftsmann mit einer nach außen hin weißen Weste, doch etwas in seinem Blick beschert Paul eine Gänsehaut und zwar eine der unangenehmen Sorte.

Es ist wirklich besser, Hanna zu begleiten und sie nicht allein in die Höhle des Löwen zu schicken.

Am liebsten würde er sie gar nicht in die Nähe von Kinsley kommen lassen. Weckt Hanna in ihm den Beschützer? Das Gefühl ist so neu für ihn. Er hat schon lange nichts mehr für eine Frau empfunden, doch als Hanna wieder in sein Leben trat, riss sie alle Barrikaden ein, einfach so. Sie weckt Gefühle in ihm, die er für immer begraben hatte, doch jetzt tauchen sie auf und er ist sich nicht sicher, was er da gerade fühlt: Fürsorge, Angst, Eifersucht?

Er weiß nur mit Bestimmtheit, dass es jetzt jemanden in seinem Leben gibt, der es gehörig durcheinanderwirbelt.

~

Nachdem Brakeman sich verabschiedet hat, mache ich mich daran, mit Chris meine Arbeitsmethoden durchzusprechen. Was ich von ihm erwarte, und was auf keinen Fall. Ich brauche niemanden, der mir den Kaffee kocht oder serviert, außer er bringt auch einen für sich mit. Er scheint ein aufnahmefähiger, intelligenter junger Mann zu sein, der nicht nur gut aussieht, sondern auch meine Art von Humor teilt und wir sind uns beide einig, dass es nicht leicht sein wird, mit Linda zusammenzuarbeiten. Ich beneide ihn wirklich nicht um den Posten vor meiner Tür, direkt gegenüber von Pauls zickiger Vorzimmerdame.

Seine Aufgabe, mir ein Dossier über Mixmex zusammenzustellen, erledigt er zügig und gewissenhaft. Ich will herausfinden, auf was ich in Atlanta treffe und ob die Infos, die ich in Hamburg erhalten habe, sich mit denen in den USA decken.

Am Nachmittag steht Paul plötzlich in meinem Büro, um mich abzuholen, dabei ist es noch nicht einmal sechzehn Uhr.

»Wir müssen noch packen«, ist seine lapidare Erklärung, dann zerrt er mich fast aus dem Schreibtischstuhl. Ich frage mich wirklich, was mit ihm los ist, seine Laune hat sich seit heute Morgen um 180 Grad gedreht, und zwar nicht zum Besseren.

6 Kapitel

Paul schaut mürrisch aus dem Flugzeugfenster und ist tief in seinen Gedanken versunken. Erst als ich unbewusst laut seufze, schaut er mich an und sein Blick wandelt sich, als wenn er mich erst jetzt richtig wahrnähme.

»Ich alles okay bei dir?«, fragt er.

»Wie man es nimmt, wie sieht es bei dir aus?«

Er sieht mich einen Moment sehr intensiv an, so, als müsse er erst überlegen, welche Worte er wählen soll. »Die Sache mit Kinsley gefällt mir nicht. Er ist als Frauenheld bekannt, und dass er explizit nach dir verlangt hat, kann nichts Gutes bedeuten.«

Überrascht schnappe ich nach Luft. »Paul, meinst du nicht, du übertreibst etwas? Jon Kinsley ist einer der Top-Manager der Welt, dieser Mann kann so gut wie jede Frau haben, warum sollte er es auf mich kleine Angestellte abgesehen haben? Ich spiele doch überhaupt nicht in seiner Liga.« Ich schüttele lachend den Kopf. »Wirklich Paul, diese Mutmaßung halte ich für absolut absurd.«

Er lehnt sich etwas näher zu mir herüber und flüstert leise: »Ich glaube, du bist dir überhaupt nicht deiner Wirkung auf Männer bewusst, sonst würdest du nicht so reden.« Dabei schaut er mir tief in die Augen und wenn ich es nicht besser wüsste, würde ich eine Art Besitzanspruch darin erkennen, was ich aber ebenfalls für absurd halte. »Kann es nicht sein, dass er einfach meine Arbeit schätzt und mich deshalb zu sich gerufen hat?«

Die Schultern zuckend wendet Paul mir wieder den Rücken zu und schaut abermals aus dem Fenster. Nun, der Ausblick muss ja ganz fantastisch sein.

Linda hat wirklich ernst gemacht und eine Suite mit zwei Schlafzimmern gebucht. Ich hätte ja eher gedacht, dass sie zwei Einzelzimmer auf verschiedenen Etagen reservieren würde, doch da habe ich sie wohl überschätzt. Eigentlich ist es mir etwas peinlich, mit Paul eine Suite zu teilen, auch wenn ich vorübergehend sein Gästezimmer belagere. Im Grunde genommen sind wir zwei Fremde, die sich in einem anderen Leben einmal kurz begegnet sind.

Da es schon spät ist, als wir endlich in Atlanta das Hotelzimmer betreten, beschließen wir, uns ein kleines Abendessen aufs Zimmer zu bestellen. Ich dusche schnell und schlüpfe direkt in einen Pyjama, morgen wird ein anstrengender Tag, da will ich früh zu Bett gehen.

Auch Paul hat geduscht und trägt einen kurzen Shorty mit einem T-Shirt, natürlich in Schwarz. Es gibt Burger mit Fritten, dazu Mineralwasser. Ich brauche für morgen einen klaren Kopf.

»Sollen wir die bisherigen Kampagnen für Mixmex noch einmal durchgehen?«, fragt Paul, während wir auf dem Sofa sitzend unser schlichtes Abendessen vertilgen.

Ich nicke und wische mir mit der Serviette den Mund sauber. Irgendwie schaffe ich es nicht, einen Burger zu essen, ohne zu kleckern. Heimlich schaue ich zu Paul, ob er mich beobachtet, doch er tut so, als hätte er es gar nicht bemerkt.

»Du brauchst gar nicht so tun«, schimpfe ich in seine Richtung, als der dann doch laut loslachen muss. »Du brauchst gar nicht so hämisch zu grinsen, wem hingen den letztens noch die Liebesperlen im Mundwinkel?« Jetzt muss ich auch lachen.

Er nickt ergeben. »Du hast ja recht, komm her.« Er nimmt mir die Serviette aus der Hand und tupft meinen Mund und meinen Hals ab. Eine intime Geste, bei der er mir sehr nah kommt. Es gleicht einem zärtlichen Streicheln und ich glaube, die Idee mit der Suite war keine gute Idee von mir.

»Ich habe oft an dich gedacht.«

»Paul, sei mir nicht böse, aber wir haben uns so lange nicht gesehen, dass ich deinen Worten nur schwer Glauben schenken kann.«

»Ich rede von dem letzten Wochenende. Es gab keine Nacht in den vergangenen drei Tagen, in der ich nicht wach gelegen und an dich gedacht habe, und selbst wenn ich wenige Stunden geschlafen habe, träumte ich von dir.«

Ich schlucke. Er ist mir so nah, dass ich mich nur leicht vorbeugen muss, um ihn zu küssen, doch etwas hält mich zurück. »Paul, wir arbeiten zusammen und du bist immer noch mein Chef, ob du das nun einsehen willst oder nicht. Auf mehr als die Arbeit sollten wir uns nicht einlassen.«

Sekunden schaut er mich an, dann meint er wütend: »Verdammt, muss ich dich erst entlassen, damit ich dich küssen darf?«

»Ja, nein ... ich weiß auch nicht genau, oh mein Gott, Paul, du bringst mich vollkommen durcheinander. Wie soll das funktionieren?«

»Wie soll was funktionieren, Hanna? Ich kann dir nur sagen – ich weiß es nicht. Ich habe keinen Plan. Ich weiß aber, dass ich seit Jahren tot bin, ich bin mit Joyce gestorben. Doch seit dem Tag, an dem du wieder in mein Leben getreten bist, fühle ich mich lebendig. Ich kann dir nicht sagen, was es ist, nur dass ich mehr davon will. Ich will mehr von dir.«

»Wie viel mehr?«, frage ich ein wenig ängstlich.

»Alles.«

Hundert Fragen schießen mir durch den Kopf, doch ich starre Paul nur an.

»Was denkst du?«, fragt er mich, und streicht zärtlich über meinen Handrücken.

»Ich habe Fragen, viele Fragen, bei denen ich nicht sicher bin, ob du sie mir beantworten möchtest.«

»Stell deine Fragen und ich werde sie beantworten.«

Skeptisch blicke ich ihn an. Eigentlich gehen mich diese Dinge nichts an und ich bin mir nicht sicher, welche Frage ich zuerst stellen soll.

»Wie ist deine Frau gestorben?« Schon allein diese verlangt mir alles ab. Ich dringe hier in Bereiche vor, die mir nicht behagen, und die ich lieber unausgesprochen belassen würde, doch sollte sich meine Beziehung zu Paul weiterentwickeln, brauche ich Klarheit.

»Joyce litt an einer bipolaren Störung, sie war manisch depressiv. Obwohl es mir bekannt war, habe ich sie geheiratet, weil ich sie geliebt habe. Doch nachdem sie ihrem Leben ein Ende gesetzt hat, gab es Gerüchte, ich hätte sie nur wegen ihres Geldes geheiratet. Damit muss ich leben. Michael hat keine weiteren Kinder und er hat nie einen Hehl daraus gemacht, dass ich einmal sein Erbe antreten werde. Er hat mich unterstützt, so gut er nur konnte, doch wir beide haben Joyce nicht helfen können.«

Sein Leiden steht ihm ins Gesicht geschrieben und ich würde ihm gerne seine Last abnehmen, doch ich weiß nicht wie. Sein Blick ruht auf mir und langsam hellt er sich merklich auf.

»Ich habe beschlossen, ein neues Leben anzufangen. Das würde ich gerne mit dir zusammen, Hanna.«

Plötzliche Panik nimmt von mir Besitz. »Paul, ich glaube, du siehst das hier falsch. Nur weil ich fünfundzwanzig Kilo abgenommen habe, bin ich kein neuer Mensch. Ich bin die gleiche Hanna, die du vor zehn Jahren verlassen hast.«

»Das wirst du mir nie verzeihen, oder?«, fragt er unglücklich. »Ich habe dich schwer gekränkt und ich wünschte mir, ich könnte es ungeschehen machen, doch ich kann es nicht zurücknehmen, wirst du mir je verzeihen können?« Sein Gesicht sieht gequält aus und ich möchte ihm nicht noch mehr Kummer bereiten, als er ohnehin schon erlitten hat. Doch auch für mich ist das alles nicht so einfach zu verarbeiten, denn Paul hat recht, es hat mich damals tief getroffen, dass er mich für sein Studium verließ und nicht einmal fragte, ob ich ihn vielleicht begleiten wollte. Ich wäre ihm damals bis ans Ende der Welt gefolgt. Doch jetzt hier, so dicht neben mir, konnte ich ihm auf einmal nicht mehr böse sein.

»Egal, was du von mir halten magst, Hanna, aber ich werde nicht mehr aufgeben, nicht eher, bis du mir eine Chance gibst.« Seine Gesichtsmuskeln verhärten sich und sein Unterkiefer zuckt leicht. Hier sieht man den harten Geschäftsmann durchscheinen, doch ich bin kein Vertrag, über den man verhandeln kann.

»Paul, ich glaube nicht, dass ich mich zur Geliebten des Chefs eigne. Da erwarte ich etwas mehr von meinem Leben.«

Zart fährt Paul mit seiner Fingerspitze meinen Arm hinauf und wieder herunter, und ein angenehmes Prickeln durchfährt meinen Körper.

»Wir können es langsam angehen und sehen, was sich daraus entwickelt.« Er nähert sich meinem Mund und ich lasse es zu, dass er mich küsst. Behutsam zieht er mich in seine Arme und ich spüre wohlige Wärme, die meinen ganzen

Körper in Besitz nimmt. Plötzlich sind all meine bohrenden Fragen nicht mehr wichtig, mein Kopf ist wie leer gefegt, es zählt nur noch dieses Gefühl, das mich wärmt und mir sagt, ich bin nach einer langen Reise endlich angekommen. Seine Lippen liegen sanft auf meinen und seine Zunge öffnet meinen Mund. Ein kleines Stöhnen entweicht mir und Paul reagiert sofort darauf, als hätte ich einen Schalter umgelegt. Er zerrt an meinem Shirt, zieht es mir über den Kopf. »Du bist so unsagbar schön, dass ich es nicht in Worte fassen kann«, flüstert er an meinem Mund. »Gib mir die Chance zu beweisen, dass aus dem dummen Jungen von vor zehn Jahren ein erwachsener Mann geworden ist, der zu seinem Wort steht – ich werde nicht aufgeben, bis ich deine Liebe gewonnen habe.«

Seine Hände streicheln meine erhitzte Haut, doch ich kann mich nicht auf ihn einlassen. Es ist zu viel für mich. Ich schüttele den Kopf, schnappe nach meinem Shirt und stehe auf. »Paul, bitte, lass uns das hier nicht kaputtmachen.«

Damit verschwinde ich eines der Schlafzimmer, ohne mich noch einmal umzudrehen.

Es geht nicht. Auf keinen Fall. Ich bin nicht nur für mich verantwortlich, ich muss an meine Kinder denken. Auch wenn sie die meiste Zeit in einem Internat untergebracht sind, will ich ihnen nicht ständig neue Möchte-Gern-Väter vorsetzen. Es ist besser wir bleiben zu dritt. So kann ich beide vor Enttäuschungen bewahren – seiner Illusionen beraubt zu werden, kann ganz schön frustrierend sein und davor muss ich meine Kinder schützen.

7 Kapitel

Das Büro von Jon Kinsley in der Mixmex Zentrale liegt im obersten Stockwerk eines modernen Wolkenkratzers in Atlanta. Wir werden von seiner Sekretärin in ein Besprechungszimmer geführt und mit Kaffee versorgt. Kurz darauf betritt Kinsley mit einer ganzen Armada von Schlipsträgern den Raum.

»Ms Peterson, wie ich mich freue, Sie in Atlanta begrüßen zu dürfen. Mr Westen.« Während er Paul kurz zunickt, ergreift er meine Hand, deutet einen Handkuss an und ich glaube, dass er meine Haut für eine Sekunde mit seinen Lippen auch wirklich berührt, zwar nur ganz leicht, aber dennoch eine Berührung. Ich begrüße ihn freundlich aber reserviert. Mein Blick geht zu Paul, mit dem ich am frühen Morgen ein sehr stilles Frühstück eingenommen habe und ich sehe, dass ihm diese Geste nicht gefällt. Seine Lippen sind fest aufeinandergepresst und er schaut Kinsley verkniffen an.

Ohne seine Angestellten vorzustellen, bittet Kinsley uns Platz zu nehmen. Er ist einer der mächtigsten Manager der

Welt und wirft mir bewundernde Blicke zu. Das sollte mir eigentlich schmeicheln, doch ich fühle mich nicht wohl in meiner Haut.

Nach einem kurzen Small Talk ergreift einer der Angestellten aus dem Marketing das Wort. »Unsere Rechnungsabteilung hat uns auferlegt, dass der Break Even Point für den isotonischen Durstlöscher sinken muss, das heißt, wir werden die Kosten reduzieren müssen, insbesondere die für Werbung und fürs Marketing.«

»Das bedeutet also, das Werbekonzept muss komplett überarbeitet werden?«, frage ich kleinlaut.

Kinsley nickt. »Deshalb ist Ms Peterson hier. Sie werden diese Aufgabe übernehmen.«

Ein Stirnrunzeln auf Pauls Gesicht lässt mich stutzen.

»Diese Entscheidung liegt eigentlich bei mir«, wendet Paul mit harscher Stimme ein.

Im ersten Moment denke ich, dass Kinsleys Blick Paul vernichten will. Doch dann macht er eine entschuldigende Handbewegung und fragt Paul: »Betreut Ms Peterson denn nicht dieses Projekt?«

»Wir betreuen es zusammen«, ist Pauls knappe Antwort.

Diese Option ist nicht verhandelbar und ich glaube, auch Kinsley kann dies in Pauls Gesicht lesen, daher folgt von ihm nur ein Nicken. Es werden noch einige Details besprochen, dann erheben wir uns alle und ich weiß nicht genau, wie Kinsley es anstellt, mich von Paul zu trennen, doch nach kurzer Zeit verlässt dieser den Raum mit einer gut aussehenden Brünetten. Kinsley bietet mir an, mich ein wenig herumzuführen und ich wage es nicht, seinen Vorschlag abzulehnen. Dass er diese Aufgabe selbst übernimmt, überrascht mich dann doch.

Die Flure der Zentrale sind mit teuren Exponaten ausgestattet und Jon Kinsley ist ein echter Kunstkenner, er weiß zu jedem der Bilder eine interessante Geschichte zu erzählen. So bekomme ich gar nicht richtig mit, dass wir plötzlich in seinem Büro stehen, wo ein echter Chagall hängt. Ich bin überwältigt von der Farbenpracht und schaue mir das Bild ganz genau an.

»Ich habe es eigenhändig ersteigert. Hanna, ich darf doch Hanna sagen?«, fragt er galant, und als ich nicke, fährt er fort, »etwas so Kostbares zu finden und es am Ende auch noch zu bekommen, ist Adrenalin pur.« Er schaut mich intensiv an und ich frage mich, ob er gerade über meinen Preis nachdenkt. Er nimmt meinen Arm und führt mich zu der Couch, die in seinem imposanten Büro direkt an der Fensterfront steht.

»Bitte, Hanna, setzen Sie sich. Wissen Sie, dass Sie mir bereits in Deutschland aufgefallen sind? Sie haben eine wundervolle Art mit Menschen umzugehen. Das hat mir sehr gefallen. Sagen Sie, sind Sie und Paul mehr als nur Arbeitskollegen?«

Die Frage überrascht mich. Ich finde sie sehr indiskret und weiß nicht genau, was ich darauf antworten soll.

»Paul und ich sind zusammen zur Schule gegangen. Jetzt ist er mein Chef und wird bald die Leitung der Firma übernehmen«, mehr fällt mir zu diesem Thema nicht ein.

»Sie haben meine Frage nicht beantwortet.«

»Ich glaube auch nicht, dass diese Frage etwas mit unserer geschäftlichen Beziehung zu tun hat.« Ich lächele ihn an, obwohl ich am liebsten schreiend aus dem Raum rennen möchte.

»Wissen Sie, Hanna, ich habe mich gefragt, ob Sie nicht auch bereit wären, ganz für uns zu arbeiten, hier in Atlanta?«

Ich muss schlucken. Ist das nun ein Jobangebot?

»Wir würden Ihnen eine Wohnung besorgen, Sie bekämen einen Posten hier in der Chefetage und würden ganz eng mit mir zusammenarbeiten.«

Was er unter ganz eng versteht, will ich lieber nicht herausfinden. Jon Kinsley ist ein toller Mann, Anfang fünfzig, aber die Art und Weise, wie er mich ansieht, gefällt mir überhaupt nicht und ich habe keine Ambitionen, als Geliebte in seinem Bett zu landen.

»Tut mir leid, Mr Kinsley, aber ich habe einen Job, der mir außerordentlich gefällt und den ich nicht aufgeben werde.«

Das Lächeln auf seinem Gesicht erlischt, kaum dass ich meine Worte ausgesprochen habe. »Und Sie sind sich da ganz sicher, Hanna? Sie wissen, was für ein mächtiges Unternehmen wir sind?«

»Ich denke, Sie sind sogar ziemlich mächtig, doch das wird nichts an meiner Entscheidung ändern.«

Unvermittelt greift er nach meiner Hand und streichelt mit seinem Daumen darüber. »Nun, die Entscheidung, mit wem wir zusammenarbeiten, liegt bei mir und die Entscheidung, unsere Aufträge an Brakeman, Louis und Westen zu vergeben, würde durch Ihren Wechsel in unsere Firma sehr beeinflusst werden. Zum Positiven natürlich.«

Das ist der Moment, wo alle Zweifel an Jon Kinsleys Integrität von mir abfallen und mir speiübel wird.

Abrupt stehe ich auf und bringe etwas Abstand zwischen uns. »Mr Kinsley, ich glaube nicht, dass ich auf Ihr doch sehr verlockendes Angebot eingehen werde.«

Er hat sich ebenfalls erhoben. »Hanna, ich glaube, Sie werden sich mein Angebot noch einmal überlegen. Ich werde Sie in fünf Tagen anrufen und dann teilen Sie mir Ihre Entscheidung mit. Denken Sie daran, dieser Deal beinhaltet einen fünfundzwanzig Millionen Etat.«

Er fährt seine Hand aus und streicht mir über die Wange, will mich an sich ziehen, als sich in diesem Moment die Tür öffnet und seine Sekretärin erscheint, gefolgt von Paul. Sofort lässt Kinsley seine Hand fallen und bringt ein paar Schritte zwischen uns. Ich weiß, auch ohne einen Blick auf Paul zu werfen, dass er ahnt, was hier abgegangen ist, und ich habe das Gefühl, ich müsste mich übergeben.

»Kommst du, Hanna? Ich glaube wir sind hier fertig.« Paul steht steif und mit einem durchdringenden Blick im Raum. Ich nicke, greife nach meiner Handtasche und verlasse das Büro, ohne mich von Kinsley zu verabschieden.

Eine beleidigende Geste, aber ich kann nicht anders. Ich möchte hier nur noch so schnell wie möglich weg.

~

Es ist wie ein böser Albtraum. Paul schließt seine Augen, muss sich zur Ruhe zwingen, so aufgewühlt ist er. Kinsley bedrängt Hanna! Ohne dass er es verhindern kann, schießen ihm längst vergessen geglaubte Bilder durch den Kopf.

Die gleiche Szene hat er schon einmal erlebt, damals hat Kinsley von Joyce abgelassen, an jenem schicksalhaften Abend, als Paul ihn zum Abendessen in ihr Haus eingeladen hatte. Er hat das Bild noch genau vor Augen, wie Joyce erstarrte, als Paul die Terrasse betrat. Kinsley wandte sich erschrocken ab, nicht ohne Joyce noch einen warnenden Blick zuzuwerfen. Damals hatte er dieser Situation keine große Bedeutung beigemessen. Doch nun erscheint ihm dies alles in einem ganz anderen Licht. Mit dem Wissen, dass Joyce keine 24 Stunden später ihrem Leben ein Ende gesetzt hatte. Hatte Kinsley etwa damit zu tun? War wohlmöglich er der Auslöser für das Unglück, dass über seine Ehe gekommen war?

Im Moment ist Paul viel zu verwirrt, um sich ein Bild darüber machen zu können, doch er braucht Klarheit und dies so schnell wie möglich.

~

Ein Taxi bringt uns zum Hotel zurück und Paul schweigt die ganze Fahrt über. Ich bin viel zu durcheinander, um mich jetzt auch noch mit ihm zu streiten. Daher starre ich schweigend aus dem Fenster. Erst als wir die Zimmertür hinter uns schließen und Paul Jacke und Krawatte ablegt, stemmt er die Hände in die Hüften und schaut mich fragend an. »Was war das zwischen dir und Kinsley?«

Ich schüttele den Kopf und gehe wortlos in mein Schlafzimmer. Einen kurzen Moment später steht Paul in der Tür und beobachtet mich, wie die anfange, meinen Koffer zu packen.

»Was wird das hier, Hanna? Würdest du mir bitte eine Antwort geben?« Seine Stimme ist ungehalten und trifft mich, als hätte er mich geschlagen. Ich halte in meiner Bewegung inne und schaue ihn zum ersten Mal richtig an, seitdem wir das Mixmex Gebäude verlassen haben.

»Ich kündige«, bricht es aus mir heraus.

»Du tust was?«

»Ja, ich kündige. Ich will zurück nach Deutschland, dort bin ich zu Hause. Ich glaube nicht, dass ich dafür geschaffen bin, hier zu leben.«

»Was redest du da?«

Ich will mich abwenden, doch Paul reißt mich in seine Arme. »Du wirst ohne mich nirgendwohin gehen. Bitte, Hanna! Sag mir, was bei Kinsley vorgefallen ist. Es ist sehr wichtig für mich.«

Er sucht meinen Blick und ich zwinge mich ihn anzusehen.

»Glaube mir, es ist nichts passiert«, flüstere ich.

»Wenn nichts passiert ist, gibt es keinen erkennbaren Grund zu kündigen. Bitte, Hanna, vertraue mir.«

Ich atme tief ein und sein wunderbar männlicher Duft steigt mir in die Nase, seine Arme um meinen Körper fühlen sich so vertraut an. Am liebsten würde ich ihm alles erzählen, doch ich kann es nicht. Wenn Paul diesen Etat verliert, wird er mir die Schuld dafür geben. Wenn ich einfach verschwinde, wird Kinsley seine Meinung vielleicht notgedrungen ändern und Paul diesen Auftrag nicht entziehen. Das ist die einzige Möglichkeit, Paul vor dem Ruin zu bewahren. Es bringt mich fast um, ihm nichts von alldem erzählen zu können, doch ich darf es einfach nicht. Mein Körper ist wie erstarrt.

Paul hebt mein Kinn mit seinem Zeigefinger und schaut mich mit einem unergründlichen Blick an. Er ist so schön, dass es mir fast das Herz bricht, ihn bald zu verlassen. Wenn ich daran denke, was er bisher alles durchgemacht hat, könnte ich heulen. Die Liebe seines Lebens zu verlieren ist hart, ich weiß es aus eigener Erfahrung, doch sie zum Greifen nah vor sich zu haben, letztendlich aber aus freien Stücken aufzugeben, ist noch viel härter. Mir bleiben fünf Tage, bis Kinsley sich wieder melden wird, fünf Tage mit Paul, die für den Rest meines Lebens reichen müssen.

Er schaut mich fragend an: »Sollen wir nach Hause fliegen?«

Und meine Antwort lautet: »Ja!«

8 Kapitel

Ich weiß nicht, was schlimmer für mich ist, von einem Augenblick auf den anderen Paul verlassen zu müssen, oder einen Countdown runterzuzählen und dann einfach zu verschwinden. Mir ist der Countdown lieber, so nehme ich jeden Augenblick intensiv wahr, wie den, als wir zum letzten Mal nebeneinander im Flugzeug sitzen. Mittlerweile bringe ich es sogar fertig, ihn anzulächeln, um ihm vorzugaukeln, dass alles in bester Ordnung ist. Das Lächeln, das er mir schenkt, könnte Eisberge zum Schmelzen bringen und alle meine Gefühle, die ich früher für Paul Westen empfunden habe und ganz tief vergraben glaubte, sprudeln wie eine Fontäne an die Oberfläche. Zumindest fallen lange Erklärungen an Emely und Jonah weg, wenn sie erst gar nicht mitbekommen, dass ich in den USA war und damit geliebäugelt habe, für immer mit ihnen hierherzuziehen. Es war genau die richtige Entscheidung, den Kindern nichts zu sagen.

Wir sitzen ganz entspannt auf seiner Dachterrasse und trinken ein Glas Wein. Es ist schon später Abend. Während

Paul noch kurz im Büro vorbeigeschaut hat und einige Runden Joggen war, habe ich für das Abendessen gesorgt. Es kam mir alles so richtig vor, mit dem Essen auf Paul zu warten, und doch war es so falsch.

»Michael hat uns am Samstag zu einer Grillparty zu sich eingeladen.«

»Uns?«, frage ich überrascht. Es klingt so vertraut.

»Ja, er hat mir ausdrücklich aufgetragen, dich mitzubringen, koste es, was es wolle.« Paul grinst und seine makellosen Zähne blitzen in der Dämmerung weiß auf. Gab es etwas, was an diesem Mann nicht perfekt war? Nein, nichts, das hatte ich bereits vor zehn Jahren festgestellt.

»Du kommst doch mit?« Seine Stimme klingt ein wenig unsicher.

»Ja, sicher, wenn du mich so nett bittest.« Samstag würde ich schon wieder in Deutschland sein.

»Möchtest du dich zu mir setzen?«

Seine Frage kommt so unvermittelt, dass ich nur nicken kann. Ich erhebe mich und setze mich zu ihm auf das große Sofa. Er dreht mich so, dass ich bequem mit dem Rücken an seiner breiten Brust zu liegen komme.

»Wo wohnt Michael, dass er uns zum Grillen einladen kann?«, frage ich neugierig.

»Er hat ein schönes Haus auf Long Island. Die Woche über wohnt er in einem Appartement hier in New York, aber ab Freitag fährt er immer hinaus. Es ist dort wirklich traumhaft. Er will das Haus aber verkaufen, sobald er sich zur Ruhe gesetzt hat, vielleicht werde ich es kaufen, es gefällt mir. Mich würde dein Urteil interessieren.«

Sofort versuche ich wieder den Gedanken an das nahende Wochenende zu verdrängen. »Warum ist dir meine Meinung wichtig?«

Sein Atem setzt einen kurzen Moment aus, ich spüre es in meinem Rücken und ich schaue ihn fragend an.

»Das weißt du, Hanna.«

Nein, ich weiß es nicht, ich bin mir jedoch sicher, dass ich es auch nicht wissen will. Warum habe ich nur gefragt?

Paul schiebt mich ein wenig von sich und steht auf. Zielstrebig verlässt er die Terrasse und kehrt nach einigen Minuten zurück. In der Hand hält er eine Mappe, die er mir reicht. »Weil ich das hier habe.«

Ich öffne den Deckel und blättere kurz die Seiten durch. Der Inhalt ist mir gut bekannt. Es sind die Kopien meiner Personalakte aus Deutschland. Mit meinen Bewerbungsschreiben, Zeugnissen, Arbeitsvertrag, Beurteilungen und meinem Bild. Fragend sehe ich zu ihm auf.

Paul steht vor mir und atmet hörbar aus. »Ich genehmige alle Personalfragen für Hamburg. Als ich deine Unterlagen per Mail erhielt, habe ich dich sofort erkannt. Eigentlich sollte Michael allein mit Kinsley nach Deutschland fliegen, doch da ich wusste, dass ich dich dort treffen würde, konnte ich nicht anders, als mitzufliegen. Hanna, ich wollte dich unbedingt wiedersehen. Es war für mich wie ein Wink des Schicksals.« Er wartet ab, was ich dazu sagen würde.

»Du hast also die ganze Zeit gewusst, wer ich bin?«

Er beißt sich verlegen auf die Lippen und nickt.

»Du hast nur so getan, als würdest du mich nicht erkennen? Das ist ... Paul, das ist wirklich unglaublich.« Mittlerweile stehe ich ihm gegenüber und falle wirklich aus allen Wolken. Was für ein mieser Trick.

»Was hätte ich denn tun sollen? Nach all diesen Jahren? Einfach zum Telefon greifen und sagen: Hallo, Hanna, erinnerst du dich noch, ich bin der Typ, der dich total mies behandelt hat, aber bitte entschuldige, ich liebe dich immer noch und komme gleich mal vorbei?«

»Ja«, fauche ich, »das wäre eine gute Alternative gewesen.« Erst jetzt wird mir klar, was er da eigentlich gesagt hat. »Ich meine, dass mit der Liebe hättest du nicht unbedingt sagen müssen.«

»Aber wenn es stimmt?«, kommt leise aus seinem Mund und für mich legt sich in diesem Moment ein seidenes Tuch über die Welt. Alle Geräusche werden ausgeschlossen. Ich höre weder das Hupen der Autos auf der Straße ganz weit unter mir, noch das Surren der Klimaanlage oder die leise Musik, die uns die ganze Zeit im Hintergrund berieselt. Ich höre nur Pauls stockenden Atem, während er mich gebannt anschaut und auf eine Reaktion von mir wartet. Doch ich stehe einfach nur da und starre ihn an.

»Ich möchte das wieder gutmachen, was ich vor zehn Jahren verbockt habe und es hat nichts damit zu tun, dass du 25 Kilo abgenommen hast, blonde oder schwarze Haare trägst oder die beste Kreativdirektorin bist, die mir je untergekommen ist. Es hat damit zu tun, dass ich dich all die Jahre nicht vergessen konnte. Ich habe Joyce geheiratet, weil es Michaels Wunsch war. Er wusste, dass sie schwer krank war, aber er wollte, dass ich irgendwann die Firma übernehme. Du warst so weit weg für mich und ich mochte Joyce, glaubte sogar bis vor wenige Tage, dass ich sie liebte. Doch als ich dich in Hamburg wiedersah, wusste ich, dass ich mir all die Jahre in meiner Ehe nur etwas vorgemacht habe.«

Puh, das ist mit Abstand die längste Liebeserklärung, die mir ein Mann je gemacht hat, zumindest die wundervollste und gleichzeitig auch die traurigste. Doch daran will ich jetzt erst einmal gar nicht denken, sondern lasse diese Mappe zu Boden fallen, werfe mich ohne lange zu überlegen einfach in seine Arme und reiße ihn damit fast um. Lachend fängt er mich auf. »Hey, ein Simples *ich liebe dich ebenfalls!* hätte es auch getan«, sagt er lachend und es hört sich zum ersten Mal so unbeschwert an, dass ich ihn einfach küssen muss.

Es ist bereits weit nach Mitternacht, als Paul mich in sein Schlafzimmer zieht. Wir haben Stunden knutschend auf der Terrasse verbracht, wie zwei schwer verliebte Teenager, und irgendwie fühle ich mich auch zehn Jahre in die Vergangenheit zurückversetzt. Nur, dass ich mich jetzt wesentlich besser fühle, weil ich weiß, dass Paul meine Gefühle erwidert. Dass ich ihn in 4 Tagen verlassen werde, versuche ich einfach zu verdrängen. Nur nicht beachten.

Er steht vor mir und zieht mir in aller Seelenruhe mein Shirt und meine Shorts aus. Dann befreit er sich von seinen Sachen. Ich stehe etwas verlegen daneben, denn ich bin noch nicht im Reinen mit meinem Körper und fühle mich immer noch viel zu rund.

»Du hast so eine aufregende Figur, dass ich nur schon vom Hinsehen steif werde«, sagt Paul und sofort sind alle meine Bedenken wie weggeblasen. Er setzt sich auf das Bett und zieht mich auf seinen Schoß. Als unsere Haut sich an den intimen Stellen berührt, muss ich laut nach Luft schnappen, so erregend ist dieses Gefühl.

»Oh mein Gott, du fühlst dich so vertraut an«, murmele ich an seinem Hals, wo ich eine lange Spur von Küssen hinterlasse. Genauso habe ich es mir tausend Mal in meinen Träumen ausgemalt und nun wird dieser Traum endlich wahr. *Wenn auch nur für kurze Zeit,* schießt es mir durch den Kopf und mir kommen die Tränen. Verdammt, ich will jetzt nicht daran denken. Nicht an Kinsley, sein Ultimatum, nicht an meine Abreise. Einzig und allein zählen im Moment Paul und meine Gefühle für ihn. Er schmeckt so wunderbar und ich kann gar nicht von ihm ablassen, sondern küsse mir einen Weg über seinen Oberkörper zu seinem Sixpack. Er ist wirklich in ausgezeichneter Form, schlank und doch durchtrainiert. Nichts ist mehr von dem dünnen Abiturienten von vor zehn Jahren vorhanden.

Seine Hand löst den Verschluss meines BHs und ich schäle ihn aufrecht sitzend von meinem Körper. Pauls Augen flattern leicht. »Du bist so schön und ich kann es nicht glauben, dass ich dich endlich hier in meinem Bett habe. Glaube mir, Hanna, was auch immer passiert, ich werde dich nie wieder gehen lassen. Das ist ein Versprechen.«

Ich lächele ihn verliebt an. »Ich liebe dich, Paul, das ist auch ein Versprechen, das du niemals vergessen darfst.«

»Werde ich nicht«, wispert er und drückt mich rücklings auf das Bett. Schnell befreit er uns von der restlichen Kleidung und als er sich zwischen meine Schenkel legt, öffne ich diese bereitwillig. Bevor ich etwas sagen kann, greift er zu seiner Hose und holt ein Kondom hervor, das er schnell überstreift. »Ich kann nicht länger warten«, entschuldigt er sich und küsst mich heiß. Als ich ihn endlich in mir spüre, macht sich in mir ein Gefühl breit, auf das ich viele Jahre gewartet habe. Es ist so wunderschön, dass es mir die Tränen in die Augen treibt und ich ein kleines Schluchzen von mir gebe. Für einen Moment hält Paul in seiner Bewegung inne und schaut mich an.

»Hey, mein Schatz, alles in Ordnung? Was ist los, warum weinst du?«, fragt er besorgt.

Das Kosewort lässt mich meine Tränen vergessen und ich lache auf. »Nichts, nur habe ich so lange darauf gewartet, dass ich es nicht mehr für möglich gehalten habe.«

»Ich liebe dich«, flüstert er, während er meine Tränen einfach wegküsst.

~

Mitten in der Nacht erwacht Paul und streichelt über Hannas Körper, der sich warm und weich an ihn schmiegt. Es ist lange her, dass ein Frauenkörper so dicht an seinem geschlafen hat. Sein Herz läuft über vor Glück, sie in seinen Armen zu halten.

Leicht fährt er mit dem Finger über ihren Brustkorb, der sich unter ihren regelmäßigen Atemzügen hebt und senkt, dann lässt er seine Hand zärtlich weiter wandern. Was ist das? Er schlägt vorsichtig die Bettdecke zurück und schaltet das gedämpfte Licht der Nachttischlampe an. Hanna bewegt sich nur unruhig, erwacht aber nicht. Paul wartet noch einen Augenblick, bis er sicher sein kann, dass sie wieder tief und fest schläft, dann bückt er sich langsam vor. Im ersten Moment hält er es für eine Blinddarmnarbe, doch als er genauer hinsieht, zieht sich die verblasste und unauffällige Operationsspur über den gesamten Bauch. das kann doch nicht wahr sein!

Paul deckt Hanna sanft wieder zu, dann schleicht er leise aus dem Zimmer und nimmt die Personalakte zur Hand, die verloren auf dem Boden der Terrasse liegt. Schnell überfliegt er den Personalbogen. Wie hat er das übersehen können? Hinter der Frage nach der Anzahl der Kinder steht eine 2! Zwei?! Geschockt lässt er die Mappe sinken. Das Alter der Kinder ist nicht angegeben. Von wem hat Hanna zwei Kinder und verflucht nochmal, wo sind sie? Er ist vollkommen verwirrt, wenn nicht sogar geschockt. Hanna hat nie ein Kind erwähnt. Allerdings hat sie auch nicht erklärt, was sie nach dem Abitur getrieben hat. War sie womöglich verheiratet? Brennende Eifersucht keimt in Paul auf. Eifersucht auf einen Mann, der Hanna wohl mal etwas bedeutet haben muss und von dem sie zwei Kinder hat. Dieses Gefühl steckt wie ein scharfes Schwert in seinem Herzen und verursacht einen Schmerz, der ihm zeigt, wie viel Hanna ihm wirklich bedeutet und wie sehr er sie liebt.

Aber sie scheint mehr Geheimnisse zu hüten, als ihm lieb ist!

Er checkt die Uhrzeit und stellt fest, dass es in Deutschland bereits Vormittag ist. Schnell läuft er in sein Arbeitszimmer und wählt auf dem Handy die Durchwahl zu Tim Landers Apparat.

»Tim, ich brauche ein paar Informationen von dir«, sagt er atemlos, noch bevor Tim seinen Namen ganz ausgesprochen hat. »Ich weiß, dass Hanna zwei Kinder hat. Weißt du, wo sie die Kinder untergebracht hat?«

An der Art und Weise, wie Tim ausatmet, erkennt Paul, dass er sich windet.

»Tim, diese Information ist sehr wichtig für mich, ich bitte dich nicht als Chef, sondern als Freund und werde auch Hanna nicht erzählen, woher ich es weiß.«

9 Kapitel

Ich stecke bis zum Hals in der Sch ...! Mittlerweile haben wir Donnerstag und ich habe keinen genauen Plan, wie ich es anstellen kann, mich aus den Fängen von Kinsley zu befreien. Zum Glück steckt Paul heute den ganzen Tag in verschiedenen Meetings fest und ich könnte mir einen genauen Schlachtplan zurechtlegen, doch ich reagiere einfach instinktiv. Ich will den Mann, den ich liebe nicht verlassen, ich will noch nicht zurück nach Hamburg, denn hier in New York gefällt es mir. Es ist genau die Stadt, in der ich leben will, schon allein deshalb, weil Paul hier ist, aber auch, weil ich hier ein neues Leben mit Emely und Jonah beginnen könnte. Vielleicht könnten wir sogar eine richtige Familie werden? Aber mein Entschluss steht fest. Ich kann Pauls Existenz nicht gefährden. Kann nicht riskieren, dass er alles verliert, wofür er Jahre gearbeitet hat. Zu wissen, dass es ihm gut geht, dass er das Leben führen kann, von dem er immer geträumt hat, wenn ich mich Kinsley entziehe, beruhigt mein Gewissen. In den letzten Nächten hat es keine gegeben, die ich nicht in seinem Bett verbracht habe, in der wir uns nicht leidenschaftlich geliebt haben. Der Gedanke, dass es gestern das letzte Mal war, hat mich so erschüttert, dass ich ganze zwei Stunden im Bad verbrachte, nachdem Paul eingeschlafen war, um mir die Augen aus dem Kopf zu heulen. Es gibt keinen anderen Ausweg. In meinen Gedanken tauchen zu viele *nicht* auf!

Ich setze mich an meinen PC und schreibe eine E-Mail an Maggie:

Liebste Maggie,

es ist genau das eingetroffen, was Du vorausgesagt hast – ich habe mich in Paul verliebt. Im Grunde genommen habe ich nie aufgehört, ihn zu lieben. Hast Du schon mal daran gedacht, Dich als Hellseherin niederzulassen? Aus uns wird nur leider nie ein glückliches Paar werden, denn dieses Aas Jon Kinsley, du weißt, der CEO von Mixmex, hat mir ein unerfüllbares Ultimatum gestellt: Wenn ich nicht für ihn „arbeite", wird er B, L & W den Werbeetat entziehen. Paul und die Firma wären somit ruiniert. Du siehst, es bleibt mir keine andere Wahl, als mich aus der Schusslinie zu bringen, um Paul diesen Auftrag zu retten.

Ich nehme heute am Donnerstag den Lufthansaflug um 18 Uhr ab J.F.K. Kannst Du mich vielleicht am Flughafen Hamburg abholen? Ich glaube, ich werde Deine seelische Unterstützung brauchen, denn Paul zu verlassen ist so ziemlich das

Schwierigste, was ich je tun musste. Aber wie heißt es so schön, man wächst mit seinen Aufgaben! :(

Hast du etwas von Emely und Jonah gehört? Ich vermisse die beiden schrecklich und wünschte, sie wären hier, aber zum Glück sind bald Ferien!

Ich wünschte auch, Du wärst hier!

Bis bald

Hanna

Vermutlich wird sie aus allen Wolken fallen, wenn sie die E-Mail liest, doch bis dahin bin ich schon längst in der Luft.

Wir haben mittlerweile vierzehn Uhr und Chris, mein Assistent, hat heute frei. Ich schalte die E-Mail Weiterleitung ein, lege meine bisherige Arbeit sorgfältig geordnet auf den Tisch, sodass alles sofort zu finden ist, wenn jemand etwas sucht. Linda, Pauls Sekretärin, ist aus der Mittagspause zurück und ich gehe langsam an ihrem Schreibtisch vorbei. Sie tut mir leid. Ihr ist anzusehen, dass sie in Paul verliebt ist, doch sie wird niemals eine Chance bei ihm haben und ich weiß, wie sich das anfühlt.

Ich schenke ihr ein Lächeln und mache mich auf den Weg zu den Fahrstühlen. Als ich mich noch einmal abschließend umschaue, hält Linda mich auf.

»Ms Peterson, was soll ich Mr Westen ausrichten, wenn er fragt, wo Sie sind?«

Ich bleibe eine Sekunde stehen und überlege. »Nur kurz zum Mittagessen«, antworte ich. Ich hätte auch sagen können, ich bin nur mal schnell Zigaretten holen, aber ich rauche ja nicht. Schade!

Sie nickt und als sich die Fahrstuhltüren schließen, verschwindet sie aus meinem Sichtfeld.

Die zwei Blocks bis zu Pauls Wohnung gehe ich schnellen Schrittes zu Fuß. Es ist heute wie immer drückend heiß und ich komme vollkommen verschwitzt in der Wohnung an. Schnell dusche ich und packe in Windeseile meinen Koffer. Mein Flug nach Deutschland geht um achtzehn Uhr. Ich überlege noch, ob ich Paul einen Brief hinterlassen soll, doch dann denke ich, dass es besser ist, nichts über meine Beweggründe zu verraten. Er soll glauben, ich hätte ihn einfach so verlassen.

Vermutlich ist es nicht so günstig George, dem Concierge, in der Halle über den Weg zu laufen, doch es gibt keinen Hinterausgang und ich muss an ihm vorbei.

»Ms Peterson, soll ich Ihnen ein Taxi besorgen?«, fragt er freundlich und starrt etwas überrascht auf meinen Koffer. Ich fühle mich total ertappt und Hitze steigt in meine Wangen. Ohne ein Wort herauszubringen, nicke ich ihm dankbar zu.

Er begleitet mich auf die Straße und winkt mir ein Taxi herbei, hilft den schweren Koffer und die Reisetasche ins Auto zu laden.

»Ich wünsche Ihnen einen guten Flug, Ms Peterson«, wünscht George mir noch, dann schließt er die gelbe Taxitür.

Ich lasse meinen Kopf gegen die Polster fallen, bis mir auffällt, dass der Fahrer auf seine Anweisung wartet.

»Oh, sorry, J.F.K, please.«

Ich bin viel zu früh am Flughafen, mein Flug geht erst in zweieinhalb Stunden und das Check-In hat noch nicht begonnen, aber ich habe am Schalter mein Ticket abgeholt und vertreibe mir die Zeit mit einem starken Espresso, auch wenn es für Kaffee viel zu warm ist. Mein schlechtes Gewissen versuche ich mit Gedanken darüber auszuschalten, wie es in Hamburg weitergehen soll. Meinen Job bei Brakeman, Louis & Westen kann ich abhaken, aber vielleicht kann Tim mich einer anderen Firma empfehlen, falls nicht, werde ich auf eigene Faust eine Stelle finden. Ich könnte wieder kellnern, wie ich es zu meiner Studienzeit getan habe. Mein Motto war ohnehin immer schon: Wer Arbeit sucht, findet welche! Allerdings muss ich die Kinder aus dem Internat abmelden, ohne Job ist das einfach nicht zu finanzieren. Wie ich es auch drehe und wende, es ergibt sich keine Win-Win Situation, ich kann nur verlieren!

Nach meinem dritten Espresso bin ich so hibbelig, dass es mich nicht mehr auf den Sitz hält. Zu viel Koffein, ich glaube fast, dass ich kurz vor einem Herzinfarkt stehe.

Als endlich der Terminal öffnet und ich meinen Koffer aufgeben kann, fühle ich mich erlöst. Leider stehen schon jede Menge Passagiere vor mir in der Reihe. Nur mühsam schiebt sich die Karawane voran.

»Du dachtest doch nicht wirklich, dass du dich so einfach davonstehlen könntest, oder, Hanna?«

Die tiefe Stimme verursacht mir plötzliche Übelkeit und ich weiß nicht, ob ich nicht gleich mindestens einen der drei Espressos einfach so wieder von mir gebe.

Ich schließe meine Augen und denke, wenn ich ihn nicht sehe, verschwindet er vielleicht ganz von allein, doch dann greift er sich einfach mein Gepäck und geht in Richtung Ausgang. Verflucht!

»Hey, das ist Diebstahl!«, rufe ich Paul hinterher, doch er lächelt nur. »Irrtum, ich nenne das *in Beschlag nehmen.*«

Mir bleibt nichts anderes übrig als ihm zu folgen. Zur Not könnte ich ja auch ohne Koffer fliegen, wenn ich nicht meine Handtasche, in der mein Ticket verstaut ist, über den Rollgriff des Koffers gehangen hätte. Paul hat einfach vor dem Terminal geparkt und eine Aufsichtsperson des Flughafens droht schon, ihn abschleppen zu lassen.

»Los, steig schnell ein, sonst bin ich mein Auto los.«

Ich kann nichts weiter tun, als seinen Anweisungen zu folgen. Verdammter Mist! Das ist gehörig in die Hose gegangen. Mit zusammengekniffenen Lippen nehme ich auf dem Beifahrersitz Platz und schnalle mich an. Paul schmeißt sich auf den Fahrersitz und gibt Gas, bevor er sich noch eine Anzeige einhandelt. Mist, jetzt verpasse ich meinen Flug, weiß er eigentlich, was ein Ticket nach Deutschland kostet? Ich verschränke die Arme vor meiner Brust und sage keinen Ton. Ab und an sehe ich aus dem

Augenwinkel, wie Paul mir einen Blick zuwirft, doch ich schaue ihn nicht an. Nur langsam schiebt sich mir die Frage aller Fragen ins Bewusstsein: Woher hat er gewusst, wo er mich findet?

10 Kapitel

»Ich sehe genau, was du dich gerade fragst«, murmelt er und setzt den Blinker, um zum Überholen anzusetzen. »Du fragst dich, woher ich wusste, wo ich dich finden kann.«

Klugscheißer!

»Hast du so wenig Vertrauen zu mir, dass wir dieses Problem nicht zusammen klären können, ohne dass du dich einfach so aus dem Staub machst? Hanna, ich hatte geglaubt, dass unsere Beziehung tiefer geht, als das hier.«

Na schön, wenn er streiten will, streiten wir, was aber in einem Auto mit überhöhter Geschwindigkeit nicht gerade ratsam erscheint.

Da Paul ziemlich mieser Stimmung ist, vermute ich mal, dass Kinsley sich einen Tag früher gemeldet hat und Paul so von der Sache erfahren hat. Vielleicht ist er sogar wütend, dass ich auf das Angebot von Kinsley nicht eingegangen bin.

»Also gut, wenn du reden willst, reden wir! Ich habe das nur für dich getan«, sage ich nicht minder wütend.

»Für mich?«, fragt Paul so überrascht, dass er unwillkürlich auf die Bremse tritt. Hinter uns hupt jemand wütend. »Ich glaube du verwechselt da etwas, mich hat Kinsley nicht mit eindeutigen Angeboten belästigt, um es mal milde auszudrücken.«

»Du weißt genau, was passiert, wenn ich sein Angebot ablehne.«

»Was soll schon groß passieren, Hanna? Er wird wütend werden und uns den Auftrag entziehen. Aber das ist bei Weitem nicht das Schlimmste, was dir passieren kann, denn ich bin so was von sauer auf dich, dass ich es nicht in Worte fassen kann. Wie kannst du auch nur annähernd in Erwägung ziehen, mich zu verlassen, nach dem, was zwischen uns ist? Habe ich nicht etwas mehr verdient, als wortlos von dir verlassen zu werden? Respekt etwa?«

Oh Mann, er ist wirklich sauer! Ich verkneife mir die Frage, ob ihm irgendetwas auffällt. Vielleicht die Kleinigkeit, dass er mich vor zehn Jahren auch einfach so verließ? Ein bisschen mehr Schmusen vorher, na gut, aber unterm Strich war das Ergebnis doch dasselbe: Schmerz! Langsam werde auch ich sauer.

»Du redest von Respekt? Was ist mit Respekt vor meiner Privatsphäre? Wie hast du überhaupt von dieser Sache erfahren?« Ich versuche mich nicht in die Defensive drängen zu lassen.

»Das, mein Schatz, hast du ganz allein selbst zu verantworten. An mich wurde automatisch eine E-Mail deiner Freundin

Maggie weitergeleitet, in der sie dir schrieb, dass alles gut wird und sie dich am Flughafen in Hamburg abholen wird. Da sie dir auf deine E-Mail geantwortet hat, fand ich deine Ausgangsmail im Anhang. Mehr brauche ich dir wohl nicht zu erklären. Es lag nicht in meiner Absicht zu schnüffeln, ich wurde ja geradezu mit der Nase darauf gestoßen.«

Verdammt, die E-Mail-Weiterleitung, die hatte ich selbst eingerichtet.

»Dann habe ich Linda gefragt, ob sie dich gesehen hat, aber sie sagte, du seist zur Mittagspause. Um halb vier nachmittags?! Als ich George anrief, erzählte er mir, dass er dir ein Taxi gerufen hat und du mit deinem Gepäck weggefahren wärst. Also bin ich dir zum Flughafen gefolgt und habe am Gate Stellung bezogen, um dich abzufangen. Ich hatte solche Angst, dich zu verpassen.«

Meine Gedanken kreisen – er hat meine E-Mail an Maggie gelesen. Er weiß also, wie ich für ihn empfinde und ich frage mich, warum er nicht versteht, dass ich das alles nur für ihn tue. Und etwas anderes wird mir auch in diesem Augenblick Glasklar: Er weiß von den Kindern!

Der Feierabendverkehr ist tierisch und wir brauchen fast zwei Stunden, bis wir wieder in seiner Wohnung sind. George verzieht keine Miene, als ich plötzlich im Foyer des Appartementhauses an Pauls Seite wieder auftauche. Nur diesmal trägt Paul meine Sachen. George grüßt uns freundlich und ordert einen Fahrstuhl.

Die Kühle der klimatisierten Wohnung ist eine Wohltat nach der Schwüle des Tages. Ohne Umschweife bringt Paul alles in sein Schlafzimmer.

»Du kannst direkt in *unserem* Zimmer auspacken«, sagt er mit Nachdruck, dann lässt er mich allein und zückt im Hinausgehen sein Handy.

Resigniert lasse ich mich auf das große Bett fallen. Das Bett, in dem Paul mich heute Morgen noch geliebt hat, und von dem ich annahm, dass ich es wie alles andere nicht wiedersehen würde.

Wenn ich mich nicht augenblicklich aufraffe, schlafe ich auf der Stelle ein, also beginne ich wieder auszupacken und ziehe mir bequeme Kleidung an. Yogahose und ein kurzes Shirt sollten reichen.

Ich mache mich auf die Suche nach Paul und finde ihn in seinem Arbeitszimmer. Er sitzt an seinem Schreibtisch und kritzelt Strichmännchen auf ein Blatt Papier, während er in sein Handy spricht. Er blickt mich kurz an, als ich den Raum betrete.

»Okay, see you tomorrow. I'll talk to Hanna.« Er beendet das Gespräch.

»Mit wem hast du gesprochen?« Ich hoffe inständig, dass es nicht Kinsley war.

Er rückt mit dem Schreibtischstuhl ein wenig von dem Tisch ab, um mehr Platz zu haben. »Komm zu mir.«

Langsam bewege ich mich auf ihn zu und klettere zum guten Schluss auf seinen Schoß.

Zärtlich fährt er mit der Hand über mein Haar und streicht mir eine Strähne hinter das rechte Ohr. »Das war sehr unüberlegt von dir. Ich möchte, dass du mir vertraust, dass wir uns gegenseitig vertrauen können, doch das funktioniert nur, wenn wir ehrlich zueinander sind. Hättest du mich verlassen wollen, weil du mich nicht liebst, könnte ich das verstehen, aber einfach abzuhauen, um mich vor einem Mistkerl wie Kinsley zu beschützen, ist reiner Schwachsinn.«

»Ich wollte doch nur nicht, dass ich dir dieses wichtige Geschäft vermassele. Es ist ein fünfundzwanzig Millionen Dollar Deal, wie kann ich da annehmen, dass dir das nicht wichtig ist? Kinsley wird dich ruinieren.«

Paul schüttelt ungläubig den Kopf. »Aber weißt du denn nicht, dass du mir wesentlicher wichtiger bist, als jeder Deal der Welt? Wie könnte ich die Liebe meines Lebens gegen ein Geschäft eintauschen?«

Verwirrt starre ich auf seinen Mund, den gerade diese Worte verließen, denen ich kaum Glauben schenken kann.

»Das ist nicht dein Ernst?«

»Natürlich, mein Schatz, das ist mein Ernst. Wie kannst du nur an meinen Worten zweifeln, nach diesen wundervollen Tagen und Nächten, die wir zusammen verbracht haben? Hat dir das denn gar nichts bedeutet?«

Ich beiße mir auf die Unterlippe, weil ich nicht weiß, wie ich ihm erklären soll, was ich für ihn empfinde.

»Paul, natürlich, diese Tage haben mir alles bedeutet. Nur hatte ich immer im Hinterkopf, dass ich dich vor

Kinsley beschützen muss. Wenn er dir den Auftrag entzieht, könnte dies großen Schaden anrichten, für den ich nicht verantwortlich sein will.«

»Kinsley kann uns gar nicht schaden, selbst wenn er den Auftrag anderweitig vergibt, Hanna. Wir sind nicht auf ihn angewiesen. Unser Ruf in der Branche ist hervorragend, allein durch so großartige Mitarbeiter wie dich. Wenn er abspringt, steht ein Dutzend neuer Kunden Schlange. Die Firma ruht auf einem soliden Fundament, ich habe mein Vermögen weit gestreut angelegt, du musst dir keine Sorgen um mich machen. Zumindest nicht, was das Finanzielle betrifft. Wenn du mich allerdings wirklich verlassen solltest, würde das Ganze schon etwas anders aussehen. Mein angeschlagenes Herz würde das nicht überstehen.«

Zum ersten Mal nach gefühlten hundert Tagen kann ich unbeschwert auflachen. »Das kann ich natürlich auf keinen Fall zulassen. Also bin ich an dich gebunden, allein um dein geschundenes Herz zu schonen.« Ich ziehe seinen Kopf zu mir und küsse ihn auf die Lippen.

»Mach das nie wieder, hörst du, Hanna? Lauf nie wieder vor mir weg«, flüstert er und ich nicke zur Bestätigung.

»Übrigens, ich habe gerade mit Michael gesprochen, wir beide, er und ich, werden morgen bei dem Gespräch mit Kinsley anwesend sein.«

»Wirklich?«, frage ich etwas unsicher.

»Michael ist der gleichen Meinung, dass man so einem Schwein wie Kinsley das Handwerk legen muss.«

Wow, ich kann nicht anders und küsse Paul leidenschaftlich, bis er mich sanft von sich schiebt.

»Hanna, sag mal, wann wolltest du mir eigentlich von den Kindern erzählen?«

Upps!

Diese Frage stellt Paul so ganz nebenbei, ich muss erst einige Sekunden darüber nachdenken, bis mir die Bedeutung klar wird.

»Ich … ähm …«, ich bin und bleibe vorerst sprachlos.

»Warum hast du es mir nicht gesagt?« Er hebt mich von seinem Schoß und zieht mich an der Hand ins Wohnzimmer.

»Setz dich«, weist er mich an und ich habe das Gefühl, nun Paul Westen, dem Chef, gegenüberzusitzen. Er schenkt zwei Gläser Wein ein und reicht mir eines. Allerdings setzt er sich nicht zu mir, sondern schreitet langsam das Wohnzimmer ab.

»Ich dachte, du wusstest es bereits, es steht in meiner Personalakte«, wage ich einen Vorstoß, wenn auch einen kläglichen.

»Nein, ich wusste es nicht. Ich habe erst in dieser E-Mail davon erfahren. Wie alt sind deine Kinder?«

Oh man, das kann jetzt sehr hässlich werden.

»Neun Jahre«, meine Stimme bricht.

»Und das andere Kind?«

»Auch neun. Es sind Zwillinge. Ein Mädchen und ein Junge.«

»Wie sind ihre Namen?«

»Emely und Jonah.«

Einen Moment ist Paul still, setzt seinen Weg aber durch das Wohnzimmer fort. Ich sehe förmlich vor mir, wie es in seinem Kopf arbeitet und er eins und eins zusammenzählt.

»Deshalb also der Kaiserschnitt?«, fragt er geradeheraus.

Meine Hand wandert schützend in meinen Schoß, als könnte ich die Narbe unter meinem Shirt damit verschwinden lassen.

»Ja, Zwillinge werden des Öfteren mit einem Kaiserschnitt geboren, die Geburt ist alles andere als einfach, auch wenn es keine Komplikationen gibt.« Ich traue mich nicht, ihm in die Augen zu schauen, denn ich könnte dort etwas entdecken, was mir ganz und gar nicht gefallen würde.

»Du sagst, sie sind neun Jahre alt. Wer ist der Vater?«

Das ist die Frage, vor der ich mich ein Jahrzehnt lang gefürchtet habe.

»Es gibt keinen Vater!«

»So einen Quatsch habe ich in meinem ganzen Leben noch nicht gehört, Hanna. Wer bist du? Die heilige Jungfrau Maria? Wir wissen es beide besser, oder?«

Ich bin so aufgewühlt, dass ich mein Glas in einem Zug leere und streiche mir hektisch die Haare aus dem Gesicht.

»Wenn ich 9 Jahre und 9 Monate zurückrechne, dann komme ja wohl nur ich als Vater infrage!«

11 Kapitel

»Ich kann es nicht fassen, dass du mir nicht gesagt hast, dass du schwanger warst.« Sein Gesicht drückt Unverständnis aus und ich fühle mich ziemlich schlecht dabei. Wäre er doch nur wütend oder würde mich anschreien, doch mit dieser distanzierten Zurückhaltung kann ich einfach nicht umgehen.

»Als ich feststellte, dass ich schwanger war, warst du bereits mehrere Monate verschwunden. Ich wusste nicht, wie ich dich erreichen sollte. Du hast mich nicht bei dir haben wollen, schon vergessen? Ich bin davon ausgegangen, dass du bereut hast, mit mir zu schlafen.«

Mit langen Schritten kommt er auf mich zu und setzt sich auf die Kante des niedrigen Couchtisches.

»Ja, du hast vollkommen recht. Es war ein Fehler – ein großer Fehler …«

Mir sackt das Herz in die Hose und ich sollte wohl lieber sofort das Weite suchen. Warum tue ich mir das hier an? Ich habe genug gehört.

»Es war von Anfang an ein Fehler, dich überhaupt zu verlassen. Mensch, Hanna, wenn ich nur den Hauch einer Ahnung gehabt hätte.«

»Hättest du ein Leben geführt, das du jetzt vielleicht hassen würdest. Nein, Paul, es war meine Entscheidung, die Kinder zu bekommen, daher ist es auch meine Aufgabe sie großzuziehen. Du hast damit nichts zu tun.«

Zaghaft greift Paul nach meinen Händen. „Wo sind die Kinder jetzt? Bei Maggie?“

Zögerlich schüttele ich den Kopf. »Nein, sie besuchen ein Internat. Beide sind musikalisch sehr begabt und haben ein Stipendium für eine Musikschule erhalten, sonst könnte ich mir die Internatskosten gar nicht leisten. Maggie kümmert sich um die beiden, wenn ich es nicht kann. Ihre Eltern haben einen Reiterhof etwas außerhalb Hamburgs und sie nehmen die Kinder im Sommer gerne auf. Drei Wochen verbringen wir die Sommerferien gemeinsam. Ich mache oft Überstunden, um meinen Urlaub aufzustocken, damit ich in den Ferien so lange wie möglich für sie da sein kann. Tim unterstützt mich großartig. Wir sind ein gut eingespieltes Team. Wie du siehst, fehlt es uns an nichts.«

»Was hast du den Kindern gesagt, als sie nach ihrem Vater gefragt haben?«

»Die Wahrheit – dass er uns verlassen hat, bevor sie überhaupt auf der Welt waren. Sie haben es akzeptiert. In der Schule gibt es viele Kinder, die nur mit einem Elternteil aufwachsen. So etwas ist heute ganz normal.«

»Nun, das wird sich bald ändern. Es sind auch meine Kinder und du kannst mich aus eurem Leben nicht mehr ausschließen. Wir werden eine richtige Familie sein.«

Mein Herz rutscht mir noch weiter in die Hose. Eine richtige Familie! Ja, das ist es, was ich mir immer für Emely und Jonah gewünscht habe. Doch was, wenn es nicht klappt? Das Risiko, die Kinder zu verletzen, ist einfach zu groß. Das kann und werde ich nicht eingehen.

»Nein, Paul. Ich halte das für keine gute Idee. Eine Familie kann man nicht so einfach aus dem Boden stampfen. Was ist, wenn wir in ein bis zwei Jahren feststellen, dass es doch nicht funktioniert? Den Kindern würde das Herz brechen.« Und in Gedanken füge ich hinzu: *nicht nur den Kindern!*

Verkniffen schaut Paul auf mich herab. Obwohl er vor mir sitzt, wirkt er groß und bedrohlich.

»Wie kannst du nur in Erwägung ziehen, dass wir nicht füreinander bestimmt sind? Ich liebe dich, Hanna, und ich werde lernen, meine Kinder ebenfalls zu lieben, auch wenn der Gedanke, plötzlich Vater zu sein, mir so große Angst einjagt, dass ich mir in die Hose machen könnte.« Er setzt ein schiefes Lächeln auf, ein Lächeln, dem ich kaum widerstehen kann. Er zieht mich zu sich heran und küsst mich heiß und innig. Ich klammere mich wie eine Ertrinkende an ihn und lasse ihn für den Rest der Nacht auch nicht mehr los.

Obwohl ich in aller Frühe im Büro sein wollte, kommen wir erst gegen zehn Uhr dort an. Paul hat mich einfach nicht aus dem Bett gelassen und am liebsten wäre ich für den Rest meines Lebens mit ihm dort geblieben. Wir haben in aller Ruhe gefrühstückt, doch ich glaube, meine Nervosität steht mir ins Gesicht geschrieben.

Aufmunternd küsst Paul meine Stirn, als wir aus dem Aufzug treten. Chris winkt schon von Weitem mit einem gelben Post-it. »Ms Peterson, Sie sollen unbedingt Mr Kinsley von Mixmex zurückrufen. Er hat schon zwei Mal angerufen.«

Augenblicklich verfalle ich in Schockstarre, doch Paul drückt meine Hand.

»Linda, bitten Sie Mr Brakeman in Ms Petersons Büro.«

Kaum haben wir uns gesetzt, betritt Michael das Büro und schließt sorgfältig die Tür hinter sich.

»Good morning, Paul, Hanna«, nickt er und kommt auf mich zu, nimmt mich ohne Umschweife in die Arme. »Sorry, Hanna, Paul hat mir alles erzählt.«

Er hat einen Brief in der Hand, den er offen auf den Tisch legt.

»Dieses Schriftstück habe ich in Joyce' Unterlagen gefunden, es lag dem Testament bei. Ich habe bisher nichts damit anfangen können, weil es weder einen Adressaten noch einen Absender trägt, doch nun ergibt der Inhalt Sinn.«

Paul beugt sich über die kurzen Zeilen der kleinen Karte und hebt dann den Kopf. Sein Gesicht ist aschfahl und Wut spiegelt sich in seinen Augen. »Sie bestätigt genau das, was ich vermutet habe. Kinsley trägt die Schuld an Joyce' Tod, denn dass diese Notiz von ihm stammt, steht wohl außer Zweifel.«

Okay, jetzt hat auch mich die Neugier gepackt und ich werfe einen Blick auf die Zeilen:

Ich erwarte dich um 22 Uhr in meiner Suite, solltest du nicht erscheinen, werde ich dir dein Leben vor die Füße werfen!

Keine Unterschrift.

»Ich bin bisher immer davon ausgegangen, dass Joyce diese Zeilen geschrieben hat und dass der Brief an mich gerichtet war«, flüstert Paul betroffen.

»Ich weiß«, nickt Michael, »aber ich habe dir Hundert Mal gesagt, dass es nicht ihre Handschrift ist. Du wolltest mir ja nicht glauben.« Michael denkt laut nach. »Wir werden Kinsley einen Denkzettel verpassen, den er bis ins Grab nicht vergisst.«

Mir ist etwas mulmig zumute, aber ich lächele Michael dankbar an. »Ich bin Ihnen sehr dankbar, dass Sie hinter mir stehen.«

»Oh no, Hanna, ich danke Gott, dass Paul Sie gefunden hat. Oder Sie ihn.« Dabei fällt sein Blick auf seinen ehemaligen Schwiegersohn.

»Wir sollten diesen Mistkerl vernichten, er hat es nicht verdient, sein Leben weiterzuleben, als wäre nichts geschehen. Wenn wir ihn nicht stoppen, dann wird er weiterhin Frauen belästigen und in den Abgrund stoßen«, Pauls Stimme ist voller Schmerz und sein Hass auf Kinsley steht ihm ins Gesicht geschrieben.

»Paul, be cool! Nichts, was wir tun, wird uns Joyce zurückbringen, wir können aber dafür sorgen, dass Hanna nicht weiter bedroht wird. Und ich denke, dass ist das Wichtigste.« Michael redet beschwörend auf ihn ein und berührt ihn an der Schulter, um zu ihm durchzudringen.

Paul schaut Michael verzweifelt an. »Nichts ist mir wichtiger, als Hanna zu schützen«, und es klingt wie ein heiliges Versprechen.

»Wir sollten Kinsley nicht zu lange warten lassen. Hanna, ruf ihn an.« Paul scheint sich wieder gefasst zu haben, doch in seinen Augen entdecke ich ein gefährliches Glitzern. Er hält mir den Post-it hin und schaltet die Freisprecheinrichtung ein.

Nach wenigen Augenblicken habe ich Kinsley direkt am Apparat, ohne dass ich mich vorher habe verbinden lassen müssen.

»Hanna, endlich, ich habe schon mehrfach versucht, Sie zu erreichen.« Seine Stimme fährt mir wie ein Faustschlag in die Magengrube.

»Guten Morgen, Mr Kinsley«, begrüße ich ihn eisig.

»Hanna, ich will gleich zur Sache kommen. Ich hoffe, Sie haben sich mein Angebot gut überlegt und sind zu einer positiven Entscheidung gekommen.«

Paul wirft mir über den Tisch ein aufmunterndes Lächeln zu.

»Ja, Mr Kinsley, ich bin sogar zu einer sehr positiven Entscheidung gekommen.«

»Das höre ich gerne, aber ich hatte Sie doch gebeten, mich Jon zu nennen. Sie werden sich also von mir *abwerben* lassen, Hanna?«

»Ich halte eine solche vertraute Anrede für nicht sehr vorteilhaft, Mr Kinsley«, antworte ich knapp.

»In Bezug auf was?«, fragt er irritiert nach.

»In Bezug auf eine Anzeige wegen Nötigung und sexueller Belästigung, Mr Kinsley«, antwortet Paul statt meiner.

Wir vernehmen ein leichtes Schnaufen, als Kinsley Pauls Stimme erkennt.

»Was reden Sie da für einen Unsinn, Paul?«, fragt Kinsley aufgebracht.

»Sie wissen genau, wovon ich rede, und sollten Sie sich auch nur noch einmal in die Nähe meiner Verlobten wagen, werden Sie mehr verlieren, als nur Ihren Ruf. Der Anfang wäre mit Sicherheit einige Ihrer Zähne.«

Kinsley schnaubt hektisch und ich schaue überrascht zu Paul auf.

»Ich ... ich habe nicht gewusst, dass Hanna, ich meine Ms Peterson Ihre Verlobte ist.«

»Dann wissen Sie es jetzt. Und, Mr Kinsley, hier spricht Michael Brakeman. Ich bin in Besitz eines äußerst belastenden Briefes, ich gebe zu, eines sehr kurzen, aber ich denke der Inhalt ist umso brisanter.«

»Ich weiß nicht, wovon Sie sprechen, Mr Brakeman.«

»Dann werde ich Ihrem Gedächtnis ein wenig auf die Sprünge helfen. Es ist eine Karte, die Sie an meine Tochter Joyce gerichtet haben, kurz vor ihrem Tod. Sollte ich auch nur den geringsten Anlass haben zu vermuten, dass Sie ja wieder eine Frau nötigen und bedrängen, werde ich dieses

Beweisstück der Staatsanwaltschaft übergeben.«

»Sie haben keinerlei Beweise«, schnauft Kinsley wütend in den Hörer.

»Ich denke, eine Schriftprobe wird alle Zweifel aus dem Weg räumen.« Pauls Stimme ist kalt wie Eis, doch sein Blick heftet sich mit einem zärtlichen Ausdruck an meinen.

»Betrachten Sie unsere geschäftlichen Verbindungen übrigens mit sofortiger Wirkung als gelöst, Mr Kinsley. Alle.« Damit beendet Michael die Verbindung.

»So, das wäre erledigt.« Zufrieden klatscht er in die Hände, steht auf und steuert auf die Tür zu. »Ach übrigens«, wendet er sich mir zu: »Wir sehen uns morgen zum Grillen, und, Paul, vergiss die Verlobungsringe nicht.«

Paul wirft mir ein verschmitztes Lächeln zu, das ich nun erwidern kann.

»Michael, kann ich dich noch einen Augenblick allein sprechen? Ich brauche den Firmenjet, weil ich heute noch eine wichtige Besprechung in Boston habe ...«, höre ich, bevor die Tür ins Schloss fällt und die beiden Stimmen verschluckt.

12 Kapitel

Ich sitze allein in der Limousine, die Michael mir geschickt hat, um mich zur Grillparty abzuholen. Wir haben mittlerweile Samstagnachmittag und Paul ist von seinem Termin in Boston immer noch nicht zurück. Leichtes Unbehagen nagt an mir. Zwar hat er mich angerufen und mir erklärt, dass sein Termin etwas länger als geplant dauert, aber seine Stimme klang viel zu euphorisch, als dass ich ihm das hätte abnehmen können.

Was auch immer er vorhat, ich habe kein so gutes Gefühl dabei.

Die Fahrt nach Long Island dauert etwas mehr als eine Stunde, in der ich versuche meine Nerven zu beruhigen. Michael nimmt mich in Empfang, als ich aus dem Auto steige. Die weitläufige Auffahrt und das große Gelände beeindrucken mich sichtlich. Wow, was für ein tolles Haus!

Gemeinsam erklimmen wir die geschwungene Treppe. »Drinnen erwartet dich eine tolle Überraschung«, nickt Michael mir zu, als er mich auf beide Wangen küsst. Er ist wirklich ein toller Mann. Wenn ich mir einen Vater hätte wünschen können, wäre er wie Michael Brakeman gewesen.

Bereits in dem weitläufigen Wohnzimmer mit den großen Türen zur Terrasse, die weit offen stehen, treffe ich auch meine Überraschung. Paul!

»Dich hätte ich jetzt hier nicht erwartet«, lache ich und werfe mich in seine Arme.

»Hast du mich vermisst? Ich hoffe ja, denn du hast mir unsagbar gefehlt und ich werde nie wieder ohne dich irgendwohin fliegen«, flüstert er mir ins Ohr.

»Versprochen?«, frage ich erleichtert nach.

»Also, hast du mich vermisst?«

»Ja, Paul! Ich hatte unbeschreibliche Sehnsucht nach dir. Wie war Boston?«

Lachend küsst er mich auf die Lippen. »Ich habe einen kleinen Abstecher über Hamburg gemacht. Komm, ich muss dir etwas zeigen. Es wartet draußen im Garten auf dich.«

~

Kaum hat das Flugzeug deutschen Boden berührt, erhebt sich Paul aus seinem Sitz, was ihm einen tadelnden Blick der Stewardess einbringt.

»Mr Westen, darf ich Sie bitten, angeschnallt zu bleiben, bis wir unsere Parkposition erreicht haben?«

Paul wirft ihr ein entschuldigendes Lächeln zu. »Sorry, ich bin so aufgeregt. Bitte machen Sie direkt alles für den

Rückflug bereit. Ich werde nicht lange brauchen und muss heute noch in die Staaten zurück.«

Wie ein Mantra sagt Paul in Gedanken immer wieder den gleich Spruch auf: ICH BIN VATER! ICH BIN VATER!

Als würde dieser Satz ihn allein dazu befähigen, ein guter Vater zu sein. Zumindest ist es sein Vorsatz, den es aber erst noch zu erfüllen gilt.

Paul gesteht sich selbst ein: Er hat Angst! Große Angst sogar. Er wird seinen eigenen Kindern begegnen! Tausend Fragen geistern durch seinen Kopf. Werden sie ihn mögen? Was werden sie davon halten, in den USA zu leben? Werden sie überhaupt mit ihm reden?

Er ist auf die Hilfe einer fremden Person angewiesen und Paul kann nur hoffen, dass sie auf seiner Seite ist. Ungeduldig schaut er an sich herunter und ist froh, dass er Gelegenheit hatte, sich umzuziehen. In Jeans und dem hellblauen Hemd fühlt er sich überraschenderweise doch wesentlicher besser, als in einem seiner schwarzen Anzüge. Er konnte den Kindern ja wohl kaum als Bestattungsunternehmer unter die Augen treten.

In Tim Landers Briefingroom wartet er auf Maggie, die lächelt, als sie den Raum betritt und ihn dort stehen sieht.

»Mr Westen …«, sagt sie und nickt ihm lächelnd zu.

»Bitte, ich bin Paul. Setzen wir uns doch.« Er bietet ihr lächelnd einen Platz an und schaut prüfend in ihr Gesicht.

»Du weißt, warum ich hier bin? Hat Mr Landers dich informiert?«

Maggie nickt. »Ja, du möchtest die Kinder sehen. Ich habe wie abgesprochen Hanna nicht davon in Kenntnis gesetzt, bin mir aber nicht sicher, ob das in ihrem Sinne ist.«

»Keine Angst, Maggie. Es wird in ihrem Sinne sein. Ich habe vor, die Kinder mit in die USA zu nehmen.«

Erschrocken weiten sich ihre Augen. »Das geht nicht.«

»Warum nicht? Haben die Kinder keine Ausweise? Denn die benötigen wir für ein Besuchervisum.«

»Doch, natürlich haben sie gültige Ausweise. Ich habe auch die Geburtsurkunden hier.« Sie zeigt auf das kleine Familienbuch, das sie mitgebracht hat.

»Darf ich es sehen?«

Als würde Maggie einen wertvollen Schatz hüten und diesen nur ungern aus ihren Händen geben, schiebt sie das Büchlein über den Tisch. Paul blättert die erste Geburtsurkunde auf.

Name des Kindes: Emely Johanna Peterson
Name der Mutter: Johanna Peterson
Name des Vater: Paul Westen

Er blätterte weiter.

Name des Kindes: Jonah Paul Peterson
Name der Mutter: Johanna Peterson

Name des Vater: Paul Westen

Hier steht es, schwarz auf weiß. Er ist Vater, und zwar gleich zweifacher. Ohne es zu wollen, breitet sich ein Lächeln auf seinen Lippen aus.

»Es sind wirklich meine Kinder. Hier steht es, das haut mich um. Es ist noch so unbegreiflich für mich. Immerzu habe ich mir Kinder gewünscht und plötzlich, wie aus heiterem Himmel, bin ich Vater, das ist wirklich ... ja, unaussprechlich. Bring mich zu ihnen.«

Die Fahrt zum Internat dauert kaum mehr als eine halbe Stunde und Paul ist froh, dass er nicht am Steuer des kleinen Renault sitzt. Seine Hände schwitzen und wenn er versucht sie ruhig zu halten, beginnen sie leicht zu zittern, daher hält er sie lieber in Bewegung.

Das Gebäude macht einen hervorragenden Eindruck und die Leiterin des Internats begrüßt sie freundlich. Es gibt keine Probleme die Kinder zu sehen, denn schließlich verfügt Maggie über alle Vollmachten. Auch über die, die Zwillinge aus dem Internat abzuholen.

Das Besucherzimmer ist gemütlich eingerichtet mit Tischen und Stühlen, doch Paul ist viel zu aufgeregt, als dass er sich setzen könnte. Maggie legt beruhigend die Hand auf seinen Arm. »Es sind tolle Kinder, du wirst sehen.«

Seine Unsicherheit verschwindet in dem Augenblick, als sich die Tür öffnet und zwei Kinder den Raum betreten.

Als erstes erscheint ein Mädchen mit roten Haaren und einer Menge Sommersprossen auf der Nase. Die Augen sind denen ihrer Mutter sehr ähnlich, Paul erkennt die junge Hanna in ihr. Dahinter kommt ein Junge zum Vorschein, etwas kleiner, mit schwarzem Haar. Paul ist, als würde er in den Spiegel schauen, in sein Gesicht aus Kindertagen blicken. Es ist einfach unbeschreiblich.

»Hi Maggie!«, grüßt Emely ihre Patentante und drückt sich an sie, ohne dabei Paul aus den skeptischen Augen zu lassen.

»Komm her, Jonah!« Maggie nimmt auch den Jungen in den Arm und drückt ihn. »Ich habe euch heute Besuch mitgebracht.«

»Du bist unser Vater, stimmt's?«, fragt Emely mit piepsiger, aber doch selbstbewusster Stimme.

Überrascht nickt Paul und muss sich räuspern, so berührt ihn die direkte Frage. »Ähm … ja, ich bin Paul, euer Vater!« In Gedanken fügt er hinzu: *Ich weiß zwar nicht genau, was das für uns drei bedeuten wird oder ob ich diese Rolle gut ausfüllen werde, aber bei Gott, ich will es versuchen.*

»Du siehst genauso aus, wie Mama dich beschrieben hat. Genau wie Jonah, sagt sie immer.«

Paul hält für einen Augenblick die Luft an. Hanna hatte doch behauptet, die Kinder wüssten nicht, wer ihr Vater sei und jetzt stellt sich heraus, dass sie die beiden offensichtlich sehr liebevoll auf den Augenblick vorbereitet hat, an dem sie sich irgendwann vielleicht doch treffen würden.

Sie hat dafür gesorgt, dass sich in den Herzen seiner Kinder ein liebevolles Bild von ihm entfalten konnte. Mein Gott, er hatte so viel gutzumachen. Betroffen schluckt er. Dann hockt er sich hin, um mit seinem Sohn und seiner Tochter auf Augenhöhe zu sein.

»So, das hat eure Mutter also gesagt. Und findet ihr, dass sie recht hat?«, fragt er unsicher.

»Ja, auf jeden Fall«, nickt Emely, während Jonah den Kopf schüttelt.

»Nee, find' ich gar nicht. Du bist viel größer als ich«, murrt er und alle anderen lachen.

Behutsam streicht Paul seinem Sohn über den Kopf. »Hey, mein Großer, das wird schon. Du wächst ja noch gewaltig. Ich hoffe mal nicht, dass du mir dann über den Kopf spuckst.«

»Warum bist du hier und wo ist Mama?« Emely sieht fragend zu Maggie, die wiederum Paul anschaut und ihn wortlos auffordert, auf Emelys Frage zu antworten.

»Ich habe erst vor Kurzem erfahren, dass es euch gibt und wollte euch unbedingt sofort sehen. Was haltet ihr davon, wenn wir eure Mutter besuchen. Sie ist im Moment bei mir in New York und wir müssen mit einem Flugzeug dorthin fliegen, würde euch das gefallen?«

Emely nickt zögerlich, während Jonah vor Aufregung große Augen bekommt. »Du meinst, wir würden mit einem dieser richtig großen Flugzeuge fliegen?«, fragt er aufgeregt.

»Nun, ganz so groß ist mein Flugzeug nicht, aber es bringt uns schnell zu eurer Mutter.«

»Du hast ein eigenes Flugzeug?«, fragt Emely skeptisch.

Jonah rammt ihr den Ellbogen in den Rücken. »Wenn er sagt, er hat eins, dann stimmt das auch. Er ist unser Vater und Väter belügen ihre Kinder nicht.«

Paul schluckt. Nein, er wird sie niemals belügen.

»Paul«, Maggie berührt ihn leicht an der Schulter und er erhebt sich beinahe widerwillig. »Ich weiß nicht, ob ich dir die Kinder allein überlassen darf.«

Er schenkt Maggie ein gutmütiges Lächeln. »Das erwarte ich auch gar nicht von dir, Maggie. Aber was hältst du davon, wenn du mit den Kindern und mir nach New York fliegst? Ich habe das bereits mit Landers geklärt. Du musst nur ja sagen. Sozusagen eine Woche Sonderurlaub!«

»Sag bitte ja!«, rufen beide Kinder im Chor und bei so viel Kinderpower kann sie schlecht nein sagen.

~

Das Erste was ich wahrnehme, sind die pinkfarbenen Schuhe, die Maggie so liebt. Sie steht etwas verborgen hinter einem Strauch Hibiskus, der lila blüht und einen farblichen Kontrast zu ihren verrückten Latschen bildet.

»Die würde ich überall wiedererkennen!«, rufe ich aufgeregt. »Was machst du hier, Maggie?«

Als sie zum Vorschein kommt, schießt sie auf mich zu und umarmt mich fest. »Ich freue mich so für dich«, raunt sie mir zu und dreht sich in Richtung Garten.

Ich folge ihrem Blick und sehe Paul über den Rasen auf uns zukommen, der eine strahlende Emely an der Hand führt und einen zappeligen Jonah auf seinen Schultern trägt. Mein Herz setzt einen Moment aus. Oh mein Gott, ein Bild wie aus einem Kitschroman, doch was ich hier sehe, ist vollkommen real, so real, wie das Lächeln, das Paul mir zuwirft.

»Mams«, ruft Emely und rennt mit fliegenden Haaren auf mich zu. »Kannst du dir das vorstellen? Paps hat uns abgeholt!«, ruft sie lachend.

»Ja, und er hat sogar ein eigenes Flugzeug«, ergänzt Jonah stolz.

Ja, unvorstellbar, aber wahr …

Maggie drückt aufgeregt den Auslöser meiner Handykamera und schießt ein Foto von Paul, den Kindern und mir, wie wir auf der Veranda von Michaels Haus stehen und glücklich in die Linse schauen. Ganz nebenbei halte ich meinen Ringfinger in die Höhe, um meinen Verlobungsring zu präsentieren.

Michael strahlt nicht minder als wir und schaut nach den Steaks, damit sie nicht auf dem Grill verbrennen.

»Ich werde dafür sorgen, dass eure Hochzeitstorte aus lauter Cupcakes mit Liebesperlen besteht«, ruft Maggie uns zu.

»Das ist eine gute Idee«, lacht Paul. Er zieht mich in seine Arme und küsst mich. Er trägt heute wieder ein schwarzes Shirt, aber dazu eine weiße Leinenhose, die ich bisher noch nie an ihm gesehen habe.

»Und, wie gefällt dir Michaels Haus? Wäre dies ein Ort, an dem du dich wohlfühlen könntest? Es hat sogar genug Platz, um zwei Kinderzimmer einzurichten.«

Ich erinnere mich, dass Paul erwähnt hat, Michael wolle es verkaufen.

»Ja, es ist sehr schön, so farbenfroh«, lache ich und schaue auf die rosafarbenen Außenwände. Auch im Inneren hat die Architektin ihren Farbrausch ausgelebt, was aber für mich äußerst akzeptabel ist. »Im Grunde genommen ist es mir völlig egal, wo ich lebe, für mich zählt nur, dass wir mit dir zusammen sind, egal wo auf dieser Welt.«

»Egal wo?«, fragt er kritisch nach.

»Ja, Paul, egal wo, Hauptsache weit weg von dem Müllsack voller schwarzer Anzüge!«

»Das werde ich dir nie verzeihen, dass du meine Abwesenheit dazu genutzt hast, meine Armani Anzüge in den Müllsack zu stecken«, murmelt er an meinen Lippen. »Aber trotzdem liebe ich dich dafür.« Er küsst mich stürmisch und ich erwidere seinen Kuss, nicht ohne noch vorher einen Blick auf meinen glitzernden Verlobungsring zu werfen, der wie verrückt in der untergehenden Sonne Long Islands funkelt.

Danksagung

Vielen Dank an meine Lektorin, die mir immer neue Wege zeichnet, die meine Fantasie beflügeln.

Vielen Dank an meine Leser, ich hoffe, Ihnen hat der kleine Ausflug gefallen und wir lesen uns bald wieder!

Weitere Infos zu meinen Büchern finden Sie auf meiner Homepage: kajsaarnold.de

Ihre
Kajsa Arnold

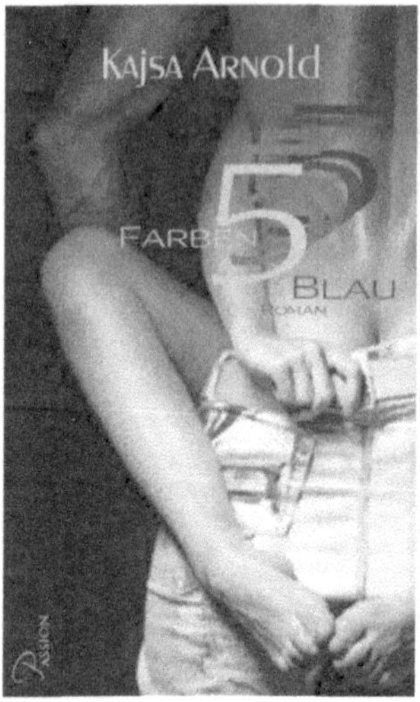

5 Farben Blau
Kajsa Arnold
ISBN 978-3-943697-72-8

Ab August 2013 erhältlich!

Infos unter:

www.oldigor.de